KB051109

Maze Hunter

메이즈 헌터 2

초판 1쇄 인쇄일 2015년 8월 27일 ∣ **초판 1쇄 발행일** 2015년 8월 31일

지은이 이한빈 ∣ **펴낸이** 곽중열 ∣ **담당편집 팀장** 이범수
편집부 신연제 이윤아 김호성 김은경

펴낸곳 (주)조은세상 ∣ 출판등록 제 2002-23호
주소 경기도 연천군 미산면 청정로 1355
TEL 편집부 02)587-2966 ∣ FAX 02)587-2922
e-mail bukdu@comics21c.co.kr

ⓒ이한빈 2015
ISBN 979-11-5832-247-2 ∣ ISBN 979-11-5832-245-8(set) ∣ 값 8,000원

이한빈 퓨전 판타지 장편소설

NEO FUSION FANTASY STORY & ADVENTURE

메이즈 헌터

Maze Hunter

②

북두
(주)좋은세상

CONTENTS

NEO FUSION FANTASY STORY & ADVANTURE

Maze Hunter
메이즈헌터

NEO MODERN FANTASY STORY & ADVANTURE

네임
헌터

1

Maze Hunter

1

쿵! 쿵!

발걸음 소리가 숲속에 울려 퍼졌다. 거인이 근처에 있다는 증거였다.

천화와 그녀의 팀은 떨어지자마자 거인과 마주했다. 덕분에 서로 싸운다는 생각도 하지 못하고 도망치고 있는 실정이었다.

"하아, 하아, 이거 완전 미쳤네."

세 여자는 커다란 나무 밑에 앉아 숨을 골랐다. 천화와 같은 팀을 짰던 B급의 여자가 말했다. 그녀의 이름은 한수연. 미궁에서는 만나기 힘든 한국인이었다. 그 옆의 단발머리의 작은 여자가 동의했다.

"정말 그러네요. 언니."

단발머리의 여자의 이름은 한서연. 수연의 동생이었다. 두 사람은 교회수련회를 가던 중 사고를 당했다. 그리고 정신을 차려보니 수련회를 가던 청년부원들과 함께 미궁에 떨어진 것이다. 허나 지금 남은 것은 두 사람 뿐이었다. 두 사람이라도 살아남을 수 있었던 이유는 극한의 상황에서도 냉정하게 판단하고 움직인 언니, 수연이 있었기 때문이다.

'S급과 팀이 된 건 좋았지만.'

수연은 시험의 내용을 듣자마자 천화를 경계했다. S급인 천화는 언제라도 수연과 서연을 죽이고 무적상태가 될 수 있었기 때문이다. 솔직히 말하자면 숲속에 떨어지자마자 천화가 공격을 해올 줄 알았다. 하지만 무슨 꿍꿍이인지 천화는 공격해오지 않았다.

'믿을 수 없다. 이 미궁에서는.'

미궁은 전쟁터였다. 죽기 싫으면 다른 무언가를 죽여야 했다. 수연의 손에 죽은 남자들만 하더라도 10명은 넘어갔다. 같은 여자는 얼마나 죽였냐고? 세는 것을 포기한지 오래다.

수연의 입장에서 이 시험은 최악의 시험이었다. 수연은 서연을 죽일 수 없었다. 혼자가 되지 않으면 무적이 될 수 없다. 수연은 천화를 공격할 이유도, 실력도 없었다. 그러나 천화는 다르다. 그녀에는 이 수연과 서연만 죽이면 무적이 된다는 큰 이점이 있었다. 앞에서는 웃고 뒤에서는 비수를 꽂는 사람들을 수도 없이 보아 온 수연이었다. 수연은 방긋 웃고 있는 천화를 쳐다봤다.

"그래도 떨어트렸네요. 다행이다."

천화는 순수하게 웃고 있었다. 수연으로서는 그것이 가면인지 아니면 진실 된 모습인지는 알 길이 없었다. 적어도 이 S급의 여자가 당장 자신을 죽이지는 않고 있다는 것에 안도할 뿐이었다.

"그럼 버텨볼까요? 꽤 넓은 거 같으니까 3시간 정도는 숨어있으면 될 거 같아요."

물과 음식은 문제가 아니었다. 천화는 근처를 둘러보며 은신할 곳을 찾았다. 비록 평평한 숲이었지만 지역의 높낮이는 존재했다. 거인이 아무리 커다란들 나무보다는 작았기 때문에 높은 곳에서 내려 봐야 그나마 볼 수 있었다.

천화는 먼저 움직였다.

"따라오세요. 일단 안전한 장소를 찾죠."

"그, 그래요."

수연은 서연의 손을 잡았다. 수연은 일단 천화를 믿기로 했다. 거인이 나타나기 전까지, 즉 자신에게 직접적으로 위험이 닥치기 전까지 천화가 자신과 동생을 죽이지 않을거라 생각했기 때문이다. 천화는 착한 사람이다. 허나 착한 사람도 본인 목숨이 걸린 순간에는 생존본능을 보이기 마련이다.

"서연아, 항상 언니한테 붙어 있어야 돼."

"알아. 언니."

서연도 비장한 얼굴이었다. 수연은 그렇게 천화의 뒤를 따라갔다.

어느 정도 고지대를 잡자 천화는 나무 위로 올라갔다. 나무에 가려서 멀리는 보이지 않지만 그래도 정찰하기에는 높은 곳이 나을 것이다.

"그래도 거인이 하나라 다행이네요. 숲이 넓으니까."

천화는 그렇게 말하며 고개를 들어 하늘을 보았다. 하늘에는 숫자가 적혀 있었다. 처음에는 300명이 넘었던 숫자가 벌써 203명으로 줄어 있었다. 그렇게 생각하는 동안 또 숫자가 줄어 201명.

"저거 생존자의 숫자겠죠?"

수연은 동의했다.

"그렇게 밖에는 설명이 안 되네요."

"후."

천화는 한숨을 쉬었다.

천화도 이 시험에서 가장 확실하게 통과하는 방법을 알고 있었다. 바로 팀원들을 전부 죽이고 혼자가 되는 것이다. 그렇게 3시간이야 잠을 자던, 소설책을 읽던가 하면 순식간에 지나가는 시간이었다. 하지만 천화는 그 3시간 조금 더 힘내서 다 같이 살아남고 싶었다.

그때, 저 멀리 공중에서 거인이 생성되더니 떨어졌다. 쿵하는 소리가 시간차로 땅을 울렸다.

"한 1km, 지점에 거인이 생성되었어요."

천화는 나무에서 내려왔다.

"이쪽으로 오고 있지는 않아요. 일단 여기를 베이스캠프로 잡고……."

설명을 하던 천화는 말을 멈췄다. 뭔가 이상했다. 공중에서 생성되었다고? 그렇다면 처음에 본 거인은 뭐란 말인가? 순간이동인 것일까. 아니라면 새로운 거인의 등장?

"저기요? 괜찮아요?"

수연이 물었다. 그와 동시에 동생 서연의 시선이 하늘로 올라갔다.

"언니!"

쿵!

서연의 비명소리와 함께 천화와 수연의 고개가 돌아갔다. 모래먼지가 자욱하게 피어올랐고, 그 사이로 거인의 모습이 희미하게 보였다. 천화는 이를 악물었다.

역시 거인은 하나가 아니었다.

수연은 거인을 보자마자 서연을 잡아끌었다. 퍼스트 마스터 중 신속을 얻은 사람이라면 모를까 일반 각성자의 다리로 오버로드 1성급의 거인에게서 도망치는 것은 불가능했다. 그것은 아마 천화도 마찬가지일 것이다. 그렇다면 천화에게 남은 선택지는 단 하나. 수연과 서연을 죽이고 무적상태가 되는 것뿐이었다.

'거인과 천화, 이 둘에게서 도망쳐야 해.'

수연은 창고에서 빠르게 짧은 검을 뽑아들었다. 혹시나 천화가 공격해오면 어떻게든 저항할 생각이었다. 거인이 천화를 먼저 죽여준다면 동생 서연은 살릴 가능성이 있었다.

문제는 거인은 수연이 생각할 시간을 주지 않았다는 것이다.

"언니!"

천화만을 의식하고 있던 수연은 서연의 외침에 정신을 차렸다. 허나 거인은 이미 코앞에 와 있었다. 압도적인 공포에 수연은 몸이 굳어버렸다. 하지만 그 순간에도 수연은 동생을 지키기 위해 서연을 힘껏 밀었다.

"도망쳐!"

코앞에 거인의 발이 다가왔다. 수연이 죽는다고 생각한 순간 천화가 수연을 밀어냈다.

퍽!

쓰러진 수연의 앞으로 피가 튀었다. 천화의 고통어린 표정과 터져 날아가는 천화의 다리가 보였다. 피의 비가 흩뿌려지고 수연은 정신을 차렸다.

"도망쳐요. 빨리!"

천화가 이를 악물고 외쳤다. 수연은 말없이 고개를 끄덕이고 서연의 손을 잡았다. 고마움도 당혹스러움도 생존 본능에 먹혀 사라졌다. 서연이 천화를 향해 뭐라고 소리를 지르고 있었으나 수연에게는 들리지 않았다.

살았다. 살았어.

수연의 머리는 그렇게 외치고 있었다.

뒤에 남겨진 천화는 주먹을 꽉 쥐고 일어났다.

재생의 능력. 정신이 날아가지 않는 이상 어떤 상처, 부상도 치료해주는 퍼스트 마스터의 능력이다. 그녀의 다리는 이미 재생이 되었다. 청바지는 재생이 안 되는지 칠푼바지가 된 것은 어쩔 수 없었지만 말이다.

"하아, 이거 진짜 아픈데 어쩌지."

비록 재생은 되었으나 뇌가 고통을 기억하고 있어 새로 생긴 신경을 울렸다. 그렇다하더라도 다리에 문제가 있는 것은 아니었으니 도망은 칠 수 있었다. 문제는 이 거인이 천화만을 노리고 있다는 것이었다.

'오래 못가 잡힌다.'

천화는 지금까지 걸어왔던 길을 머릿속에서 3D맵으로 만들어 재생했다. 어떤 길로 어떻게 가더라도 이 거인에게서 도망칠 수는 없었다. 말 그대로 사면초가다. 어디로도 빠져나갈 구석이 없는 상황.

'그래도 달려야겠지.'

천화는 수호설을 꺼내들었다. 보호막이 한번은 버텨줘야 할 텐데.

"후, 가자."

천화는 힘껏 땅을 박차고 수연과 서연이 도망친 곳 반대로 달렸다. 역시나 거인은 쿵쿵거리며 천화의 뒤를 따라왔다. 신발이 없어 발에 나뭇가지가 박혔지만 멈출 수는 없었다.

거인은 나무를 뽑아들어 도망치는 천화를 향해 던졌다. 천화는 눈앞에 떨어진 나무에 발걸음을 멈췄다.

"이런!"

거대한 발이 천화를 깔아뭉개기 위해 다가오고 있었다. 정신만 차리면 다시 재생은 되겠지? 아니, 그보다 머리가 터지면 정신을 차리고 할 것도 없는데…….

"멍하니 뭐하냐?"

강풍과 함께 익숙한 얼굴이 눈앞에 나타났다.

"혼씨!"

혼은 대답하지 않고 천화의 허리를 감았다. 그리고 신속을 써서 거인의 발이 떨어지기 전에 빠져나왔다. 10초도 안 걸려서 거인과 1km는 떨어진 혼은 천화를 내려놓았다.

"예상은 했지만 이 정도로 멍청할 줄은 몰랐네."

"멍청하다뇨? 거의 도망쳤어요."

천화가 입을 삐죽 내밀고 말했다.

"네가 생각하는 게 틀렸다고는 하지 않으마. 어쨌든 너희 팀을 찾자. 찾아놔야 긴박한 상황일 때 죽이니까."

"죽여요? 왜요?"

"그야 당연히 네가 안전해지기 위해서지."

"지금도 안전하잖아요."

"뭐?"

천화가 씩 웃었다.

"무적상태인 혼씨랑 있으니까요."

그런 말을 들으면 죽일 수가 없잖아……, 는 보통사람들이나 그렇게 생각할 것이다. 혼은 천화의 팀을 죽일 생각이었다. 그걸 굳이 지금 말해서 쓸데없는 말싸움을 할 필요는 없다.

"그래, 그래도 일단은 찾아보자고."

❖

수연은 거친 숨을 몰아쉬며 나무 밑에 앉았다. 서연은 한계 이상으로 달렸는지 저 멀리서 속을 게우고 있었다.

도망쳤다. 계속해서 의심하고 죽이려 했던 사람에게 도

움을 받았다. 누군가는 인간의 본성이 박애정신이라 말한다. 미궁에 들어와서 증오만을 키워온 수연은 그 말이 틀린 것이라고 생각했다. 하지만 천화는 처음 보는 자신을 위해 목숨을 걸어주었다.

고맙다는 단순한 감사도 하지 못했다. 항상 경멸하던 사람들과 자신이 동급이라는 생각이 들었다. 자기만의 안위를 생각하며 다른 사람의 목숨은 하찮게 생각하는 그런 사람들.' 그런 사람들과 자신은 다르다고 생각했다. 허나 이게 무슨 꼴인가. 처음으로 만난, 진짜배기인 사람을 버리고 스스로의 목숨만을 지켰다.

나도 쓰레기다.

수연이 머리를 부여잡고 있자 서연이 그녀의 팔을 잡았다.

"언니. 정신 좀 차려봐."

수연은 서연을 쳐다봤다. 그래, 약해지면 안 된다. 일단 살았으니까 앞날을 걱정해야 했다.

수연은 자리에서 일어났다. 천화가 살아있다면 찾아야 했다. 천화의 성격과 힘은 수연과 서연에게 있어서 최고의 무기였다. 숲속 저 멀리서 웅성거리는 소리가 들려왔다.

"거기 생존자인가?"

수십 명의 사람들이 수연과 서연의 앞에 나타났다. 수

연은 다시 경계상태에 들어갔다. 천화가 착하다고 해서 미궁에 있는 대다수의 사람들이 자신의 안위만을 생각하는 사람들이라는 것은 변하지 않는다.

"누구지?"

가장 먼저 말을 걸었던 남자가 반갑게 손을 흔들었다.

"그렇군. 너희들 아직 팀을 죽이지 않았어."

남자는 손을 들어 뒤를 소개했다.

"우리는 팀의 생존을 원하는 사람들이다. 너도 알겠지만 이 시험은 같은 팀을 죽이고 혼자만 살아남느냐, 혹은 팀원을 지키면서 3시간을 버티느냐. 이 두 가지 파로 갈리지."

"원하는 게 뭐지?"

수연은 날을 세우며 말했다. 미궁의 사람들이 다른 사람에게 말을 걸때는 무조건 이유가 있기 때문이다. 대부분의 이유는 호의가 아닌 자신의 이득을 위해서다.

"별거 없어. 우리와 함께 다니자."

"왜 함께 다녀야 하지?"

"거인은 셀 수도 없이 많아. 알지? 지금 대화하고 있는 순간에도 나타날 수 있다. 그리고 거인은 우리보다 훨씬 빠르지. 즉 걸리면 죽는다는 소리야. 그래서 우리는 숫자를 늘려야 한다."

"숫자를 늘려야 한다고?"

"그래, 거인이 나타나면 다들 정해놓은 방향으로 도망치는 거야. 각자의 팀과 함께 말이지. 지금 함께하는 팀은 총 8팀. 즉 너희가 우리에게 합류한다면 총 9팀이 된다. 그렇게 되면 거인에게 죽을 확률은 1/9이라는 소리야. 거인의 몸은 하나니까."

"그럼 일회용 아니야?"

"아니다. 거인을 만났던 그 장소로 10분 뒤 합류한다. 거인이 어떤 팀을 추격했다면 가장 처음에 거인을 만났던 장소는 안전한 곳이라는 소리니까."

남자는 자랑스럽게 말했다. 절대 죽지 않는 방법이라고 할 수는 없지만 팀원을 지키면서 위험을 최소 시킬 수 있는 방법이었다. 논리적으로 보았을 때 이들은 전부 자신의 이득을 위해 모인 것이다. 수연도 합류하지 않을 이유가 없었다.

'천화가 죽었을 수도 있고.'

천화가 살아있을 가능성은 거의 없었다. 다리는 순식간에 재생이 된 거 같았지만 거인을 상대로 재생은 오히려 고통만 늘려줄 뿐이었다. 어차피 퍼스트 마스터의 재생은 의식이 날아가면 끝나는 것이니까.

"좋아요. 들어가죠."

남자는 박수를 쳤다. 이로서 그들이 죽을 확률은 12.5%에서 11.1%로 내려간 것이다. 물론 그건 수연과 서연도 마찬가지였다.

"다행이야. 언니. 그래도 좀 안전해져서."

서연이 안도의 한숨을 내쉬었다. 오히려 천화와 있을 때보다 안전해진 것이나 다름이 없었다. 다들 같은 생각을 하고 있겠지만 설마 거인이 자신을 쫓아오겠는가.

"그래, 다행……."

땅에 거대한 그림자가 나타났다. 거인이 공중에서 떨어졌다는 천화의 말이 기억났다. 수연은 말을 끊고 서연을 잡고 힘껏 옆으로 몸을 날렸다.

쿵!

간발의 차이로 거인의 낙하를 피한 수연은 날아오는 먼지바람에 얼굴을 가렸다. 충격음에 발생한 이명이 사라지자 여기저기서 비명소리가 들렸다. 수연은 돌아보지도 않고 서연의 손을 잡아끌었다.

"가자."

어차피 나타나면 다 알아서 도망치기로 약속한 그룹이었다. 상황을 볼 필요도, 이유도 없었다.

쿵!

달려 나가던 수연은 바로 앞에 떨어진 무언가에 의해 멈춰 섰다. 고개를 들자 거인의 얼굴이 보였다.

2마리가 한 번에 나타난 것이다. 수연은 입술을 물었다.

쿠로는 이 시험을 난이도를 매우 높게 만들었다. 혼과 천화가 같은 팀일 경우, 그리고 두 사람이 서로를 죽이지 않을 경우를 대비한 것이다. 팀이 모여 생존확률을 높이는 방법은 쿠로도 이미 생각한 것이었다, 때문에 거인은 많은 팀이 모여 있는 곳에 더 자주 나타나도록 설정이 되어 있었다.

"이쪽으로!"

수연과 서연은 정말 죽을힘을 다해 달렸다. 다행히 거인들은 사방으로 흩어지는 다른 팀을 쫓아갔다. 한 시름 놓은 수연과 서연은 숨을 고르고 뒤를 쳐다봤다.

"서연아. 이제 안 따라오지?"

"그런 거 같아."

"찾았다."

안심하는 것도 잠시. 바로 뒤에 한 남자가 나타났다. 수연과 서연도 아주 잘 아는 얼굴이었다. 신문에 나온 SSS급의 플레이어. 천화와 동료라고 생각했던 남자. 혼이었다.

"너희 천화랑 같은 팀이지. 일단 가볼까?"

혼은 두 사람을 데리고 공중으로 솟구쳐 올랐다. 거인에게서 멀어진 혼은 두 여자를 땅바닥에 내려놓았다. 수연은 살았다는 생각에 잠시 서연을 안고 기뻐하다가 이내 혼을 바라보고는 벌떡 일어났다.

'망할.'

천화가 죽었다는 것을 어떻게 설명해야 하나. 방금 경험해 본 바에 의하면 이 남자의 능력은 신속이었다. 혼은 수연과 서연을 1초도 안 걸려서 죽일 수 있는 실력자다.

"천화랑 같은 팀이지?"

수연은 고개를 끄덕였다. 다음 질문은 분명 이거다. 천화는 어디 있는가. 선수를 칠 필요가 있었다.

"처, 천화씨는 중간에 떨어져서."

사실이다. 떨어졌을 뿐, 그녀가 죽었다는 확실한 증거는 없었다. 혹시 아는가. S급이니까 그 거인한테도 살아남았을 수도.

"아, 그래?"

혼은 세버런스를 만지작거렸다.

"알아. 떨어진 거."

"네?"

설마 천화의 시체라도 발견한 것일까. 그렇다면 이미 수연과 서연은 죽은 목숨이었다.

"천화가 이 자리에 없어서 다행이야."

혼은 망설임 없이 세버런스를 치켜들었다. 수연은 혼의 생각을 읽었다. 이 남자는 천화를 대신해 자신과 동생을 죽이고 천화를 무적상태로 만들 생각이었다.

"잠깐!"

혼이 움직이기 직전 천화가 외쳤다.

"내가 이럴 줄 알았어."

혼은 낭패감 서린 얼굴로 천화를 쳐다봤다.

"벌써 왔냐."

"이럴 줄 알고 죽어라 뛰어왔죠."

천화는 수연과 서연을 보며 말했다.

"괜찮아요?"

천화의 얼굴을 보자마자 수연의 볼 위로 눈물이 흘렀다. 진심으로, 정말 진심으로 천화가 반가웠다.

"고, 고맙습니다."

수연은 흐느껴 울기 시작했다. 천화는 고개를 돌려 혼을 쳐다보며 한숨을 쉬었다.

"미안한데 좀 도와줘요. 왜 다음 시험이 뭔지도 모르는데 도움이 되지 않을까요?"

"다음 시험을 위해 전력을 만들자는 거지?"

천화는 말없이 고개를 끄덕였다.

혼은 절대로 이득 없이는 움직이지 않는다. 저번 라비린스 걸즈의 경우 혼 또한 위협을 받았기 때문에 싸운 것뿐 습격이 있을 거라는 것을 알았다면 밤이라도 출발했을 것이다.

그렇기 때문에 천화는 혼을 설득시키기 위해 수연과 서연을 같은 팀으로 끌어들이는 것이 이득이라는 점을 어필

해야만 했다. 딱히 지금으로서는 생각나는 것이 없었지만 다음 시험이 어떤 것인지 모르는 상황이었기 때문에 불가능한 것도 아니었다.

"다음 시험이 만약 4명이서 뭔가를 하는 거라면 그래도 조금은 믿음이 생긴 사람과 같이 하는 게 좋지 않을까요?"

"이대로라면 말이야. 너와 나를 힘들게 하기 위해 협력 시험 같은 건 안 나올 거 같거든."

"그, 그래도 혹시라는 게 있으니까."

"알아서 해."

혼은 상관없다는 듯 말했다. 천화의 기분을 나쁘게 해 가면서 죽이는 것은 손해였다. 천화의 말대로 2번째 시험도, 3번째 시험도 존재했다. 여기서 괜히 이들을 죽이는 것보다 정말 어쩔 수 없는 상황에 버리는 편이 천화를 설득하기도 편했다.

"고맙습니다."

천화는 활짝 웃으며 수연과 서연에게 손을 내밀었다.

"자, 일어나요."

그 후 거인이 나타날 때마다 혼은 등에 서연을 짊어 매고, 양손에 천화와 수연을 끼고 날아다녔다. 신속이라는 능력은 거인을 피해 도망치는데 굉장히 효과적이었다. 보통의 남자라면 예쁜 여자 셋을 달고 다닌 게 좋을지 몰라도 혼은 귀찮기만 했다.

막판에 고전을 하기는 했지만 혼은 세 여자를 데리고 요리조리 잘 피해 다녔다. 쿠로는 혼의 능력이 신속인 것을 알고 거인을 매우 빠르게 설정해놓았지만 마하 이상의 속도를 내는 혼에게는 굼벵이와 같았다. 애초에 재밌을 수 없었던 시험이었던 것이다. 혼은 죽인 A급 남자에게 미안해지기 시작했다. 그러고 보니 이름도 못 들었다.

"시험 종료."

하늘에 커다랗게 종료 메시지가 떴다. 생존자의 수는 106명. 쿠로의 생각대로 1/3로 준 것이다. 하지만 생각보다 혼과 천화가 위기를 맞이하지 않았다.

"반응은 나쁘지 않습니다. 시험이 너무 어려워서 B급이 많이 죽었다는 불만은 있습니다만."

"그건 다행이군."

쿠로는 담배를 피며 말했다. A급들은 대부분 B급을 모아 팀을 이루었다. 그리고 아주 당연하게도 B급들은 대부분 A급에게 죽었다. 머리를 좀 쓴 녀석들은 합심해서 A급을 먼저 죽이고 지들끼리 승부를 보기도 했지만.

"그리고 혼에 대한 배팅률이 거의 100%입니다."

"당연하겠지. 봤나? 신속이 마하의 속도더군. 어느 정도 단련한 놈인 줄은 알았지만."

첫 번째 시험이 끝나고 천화와 혼은 다시 스타텀에 올랐다. 혼이 냉철함과 천화의 이상주의적인 면이 각기 다른 사람들에게 어필한 것이었다. 비록 혼의 도움이 있었지만 이상론을 펼치면서 팀을 전부 생존 시킨 천화와, 게임이 시작하자마자 팀원들의 목을 베고, 천화를 도와 이상을 실현시킨 혼. 상점가를 비롯한 모든 곳에서 두 사람의 이야기가 끊이지 않았다.

"혼씨! 천화씨! 여기에요. 여기!"

경기장으로 순간이동 된 천화와 혼은 인파 사이를 힘겹게 빠져나가고 있었다. 저 멀리서 아셀이 손을 흔드는 것이 보였다. 정확히 말하자면 손만 보였다. 혼은 한숨을 쉬었다.

"저거 구해서 가야겠지?"

"하하하, 오늘 많이 구하시네요."

혼은 인파를 밀고 들어가 아셀을 끌고 빠져나왔다. 아셀은 완전히 망가진 머리로 혼과 천화의 앞에 서서 말했다.

"수, 수고하셨어요. 짱 멋있었어요."

"쓸데없는 소리하지 말고. 알아봤어?"

"아뇨, 아직."

아셀은 고개를 절래 흔들었다.

"이, 일단 쉬러 가실까요? 아니면 저녁이라도?"

"저녁 먹으러 가지."

"저, 저기."

그때 뒤에서 수연이 말했다. 혼은 무시하고 멍하니 수연을 쳐다보는 가만히 있는 아셀의 등을 팡 쳤다.

"꺅! 아, 아픕니다."

아셀은 따가움에 등을 잡으려 몸을 배배꼬았다.

"빨리 가."

"넵!"

아셀은 맞은 부분 언저리를 긁으며 걸어 나갔다. 천화는 수연과 혼을 돌아보다가 혼의 손을 잡아 세웠다. 혼이 왜 잡느냐는 듯이 쳐다보자 천화가 입 모양으로 말했다.

좀 가만히 있어 봐요.

혼은 콧방귀를 끼고는 아셀에게로 갔다.

"왜 그러세요?"

천화가 묻자 삐죽거리던 수연과 서연이 동시에 고개를 숙였다.

"구해줘서 감사했습니다."

처음부터 끝까지 천화를 의시하고, 버리고, 도움도 안 됐던 수연이었다. 적어도 감사의 인사만큼은 제대로 하고 싶었다. 수연은 고개를 들고 나서 혼에게로 다가갔다. 그리고는 똑같이 고개를 숙여 인사를 한 뒤 서연의 손을 잡았다.

"다음 시험에서는 안 싸웠으면 좋겠네요."

아니, 사냥당하지 않았으면 좋겠다고 하는 게 옳을 것이다. 두 사람이 돌아가려고 할 때 서연의 배에서 꼬르륵 소리가 났다. 천화가 그 순간을 놓치지 않고 말했다.

"같이 밥 먹을래요? 혼씨, 상관없죠?"

혼은 씩 웃었다. 천화는 아무 생각 없이 같이 저녁을 먹자고 말했겠지만 혼은 수연과 서연을 이용해 먹을 좋은 기회라는 생각이 들었다. 혼은 고개를 끄덕이며 옆의 아셀에게 슬쩍 말을 건넸다.

"저 여자 둘과 내가 친해졌다고 보고해. 알았지?"

"네? 네. 그럴게요."

혼은 거짓말처럼 한겨울 같던 표정을 따뜻하게 바꾸었다.

"그럼 가볼까?"

혼은 일부러 가장 좋은 레스토랑으로 수연과 서연을 데리고 갔다. 고급 뷔페로 어디서 재료가 났는지 산해진미를 전부 맛볼 수 있는 곳이었다. 혼은 완전히 착한 오빠의 이미지를 심어주고 있었다. 혼의 원래 성격을 하는 천화는 그가 연기를 하는 것을 알고 있었지만 별 말은 하지 않았다. 괜히 뭐라고 하는 것보다 연기를 해주는 것이 더 좋으니까.

"초밥 같은 건 먹지 말고 샥스핀이나 로브스터 같은 걸로 먹어. 점수로 사서 먹으려면 100점은 더 드니까."

서연이 움찔거리며 초밥을 집을 때 혼이 말했다. 그러면서 로브스터의 회 부분을 서연의 접시에 덜었다. 워낙 조금 밖에 없는 부위기 때문에 인기가 가장 많은 것이었다. 서연은 꾸벅 고개를 숙였다.

"왜 그렇게 잘해줘요? 갑자기?"

"왜 질투나?"

천화가 와서 묻자 혼이 능글맞게 웃었다. 혼의 속마음까지 천화가 알 방법은 없었다. 하지만 성격상 이득이 없으면 혼은 움직이지 않는다.

"뭐 꾸미고 있죠."

"내가 어린 애들을 좋아해."

"잘 봐줘도 고등학생인 애를요?"

"나랑 나이차이 얼마 안 나잖아. 나도 20대 초반이라고. 한국에 있었으면 풋풋한 대학생 오빠."

"어이구?"

천화가 어이없어 하고 있을 때 혼이 자리로 돌아갔다. 수연은 딱 봐도 굉장히 불편하게 밥을 먹고 있었다. 혼은 노골적인 살기를 수연과 서연에게 보인 적이 있었다. 수연은 완전히 얼어버릴 것만 같던 그 기운을 몸이 기억하고 있었다.

아셀을 비롯한 수연과 서연은 혼이 오자 순간적으로 움직임을 멈추었다.

"체하겠다. 천천히 먹어라."

혼이 다정하게 말했다. 수연은 애써 웃으며 고개를 끄덕였다. 천화는 옆에 가서 앉아 혼의 옆구리를 쿡 찔렀다. 혼은 움찔하더니 천화에게 귓속말을 했다.

"질투는 나중에 해라."

"혼씨, 맞고 싶죠?"

혼은 천화의 말을 무시하며 앞의 서연에게 말을 걸었다. 천화는 한숨을 쉬더니 가져온 음식을 퍼먹었다. 서연은 겁을 먹었던 시험 ■와는 달리 적극적으로 혼에게 질문을 했다.

"SSS급 카드 한번 봐도 될까요?"

"그래, 닳는 것도 아닌데."

혼은 아무거리낌 없이 서연에게 카드를 건넸다. 서연은 정말로 SSS급이라 쓰여 있는 카드를 이리저리 둘러보았다.

혼은 그 모습을 보며 씩 웃었다.

NEO MODERN FANTASY STORY & ADVANTURE

메이즈 헌터

2

Maze Hunter

2

"언니, 언니. 그 혼이라는 오빠 말이야. 좀 멋있지 않아?"

여관에 돌아와 샤워준비를 하는 수연에게 서연이 말했다. 수연은 이게 뭔 헛소리냐? 라는 표정으로 서연을 쳐다봤다. 서연은 베개를 끌어안은 채 발을 동동 구르고 있었다.

"그 남자가 우리 죽이려고 했던 거 잊었어?"

"하지만 안 죽였잖아. 그리고 그 뒤로는 계속 구해줬고, 그리고 엄청 강했잖아. 그지?"

"그래, 강했지. 우리 같은 건 한순간에 죽일 수 있을 정도로."

수연은 서연을 휙 노려봤다. 철없이 혼을 또 믿는 눈치였다. 무리도 아니다. 지금까지 대놓고 몸만 노렸던 남자들이나, 딱 봐도 이용하려고만 하던 여자들 사이에서 살아온 아이였다. 혼과 천화처럼 진정으로 지켜주던 사람은 처음 만났다 하더라도 무리가 아니었다.

"정신 똑바로 차려."

수연은 샤워실 안으로 들어갔다. 서연은 샤워실을 빤히 쳐다보다가 돌아누웠다. 그리고 천장을 보며 중얼거렸다.

"언제 또 볼 수 있을까?"

서연이 원하는 기회는 생각보다 빠르게 찾아왔다. 혼이 먼저 찾아온 것이었다. 서연이 저녁을 먹고 카드를 가져갔기 때문이다. 서연은 최대한 빠르게 씻고 옷을 챙겨 입은 뒤 여관 밑으로 달려 내려왔다.

"죄송해요. 돌려준 줄 알았는데."

서연은 활짝 웃으며 카드를 돌려줬다. 혼은 무심히 챙겼다.

"제가 먼저 호텔로 가서 돌려드렸어야 하는데."

수연까지 내려와 서연의 상태를 보았다. 미궁에 있는 사람들을 향한 증오. 수연의 가슴에는 그것이 크게 자리 잡고 있었다. 하지만 그녀가 모든 증오를 몸으로 막으며 서연을 보호한 결과, 서연은 다른 미궁 사람들의 진면목을 훔쳐본 수준밖에 되지 않았다. 그렇기 때문에 아직도 희망을 가질 수 있었다. 미궁에도 히어로가 있을 것이라고.

아무래도 혼을 그 히어로라고 착각하고 있는 듯싶었다. 허나 그렇지 않다. 천화가 저렇게 착하고, 이타적임에도 살아남을 수 있었던 이유는 혼이 그 누구보다 계산적이고 잔인했기 때문일 것이다. 수연은 그것을 알 수 있었다. 아니, 이 미궁에서 누군가의 뒤에 숨지 않고 스스로 살아남은 사람이라면 전부 알 수 있을 것이다.

"천화 언니는 어디 있어요?"

"곧 올 거야. 오늘은 집 밥이 먹고 싶다고 해서 장을 보려고 했거든."

혼은 슬쩍 말을 끊은 뒤에 서연을 보며 씩 웃었다.

"같이 먹을래? 삼겹살인데."

"네! 좋아요. 언니! 괜찮지?"

수연은 말없이 고개를 끄덕였다.

천화는 이미 호텔의 뒷마당에서 삼겹살을 굽고 있었다. 혼이 수연과 서연을 데리고 등장하자 천화가 의아하다는 듯 고개를 까닥이다 혼이 다가오자 물었다.

"뭐예요?"

"카드 받으러 갔다가 그냥."

"카드 두고 온 것도 일부러 두고 온 거죠?"

천화는 도끼눈을 뜨며 말했다. 어제 서연이 혼의 카드를 본 뒤 돌려주는 것을 천화는 똑똑히 기억하고 있었다. 괜히 절대기억이 아니다. 그렇다면 혼이 일부러 서연의 주머니에 카드를 넣은 것이다.

"뭘 꾸미는 거예요?"

"말했잖아. 난 영계가 좋다고."

능글거리며 대답한 혼은 서연과 수연을 자리로 안내했다. 천화는 입맛을 다시다가 짜증을 내며 분노의 가위질을 했다. 그러자 옆에서 아셀이 다가오더니 말을 건다.

"저러다 뺏기는 거 아니에요?"

"뺏기긴 뭘 뺏겨요? 그런 사이 아니에요."

"흠, 그래요?"

아셀은 고개를 끄덕이며 접시를 내밀었다.

혼이 서연과 친하게 지내고 있다는 것은 쿠로의 귀에도 들어갔다. 두 번째 시험을 어떻게 짜야할지 머리를 쥐어잡고 있던 쿠로에게는 들던 중 반가운 소리였다.

시험이라는 것은 어디까지나 다음 미로로 넘어갈 사람들을 선별하기 위한 것이었다.

시험에 만드는 데 있어서 가장 중요한 룰은 이러하다. 첫 째로 상대평가면 안 된다. 첫 번째 시험의 경우 상대평가가 아닌 절대평가에 교묘하게 상대평가의 요소를 집어넣은 것이었기 때문에 가능했다.

둘째로 난이도가 너무 높으면 안 된다. A급도 절대 통과 못 할 정도의 난이도일 경우 다음 미로로 가는 사람이 없을 수 있기 때문이다.

상대평가도, 난이도도 마음대로 조절할 수 없다면 혼을 힘들게 만들 수 없었다. 벌써부터 이대로라면 혼이나 천화가 그냥 빠져나가는 것이 아닐까 하는 여론이 생겨나고 있었다. 대중이 다른 플레이어를 신경 쓴다면 그냥 천화와 혼은 통과하게 놔두고 다른 플레이어를 기준으로 시험을 만들면 되지만 현재 모든 대중의 관심은 혼과 천화에게 몰려 있었다.

두 사람이 심심하게 시험을 통과하면 재미없는 것이고, 두 사람이 고난과 역경을 버티며 시험에 통과하면 재밌는 것이다. 실제로 첫 번째 시험 때도 영상은 혼과 천화만을 잡았다.

"그러니까 한수연과 한서연. 이 두 사람과 친해졌다는 것이군."

"그렇습니다. 아셀이 보내온 정보이며, 제가 확인해본 결과 확실합니다."

"음, 이 둘은 첫 번째 시험에서 혼이 지켰던 사람들이구만."

"맞습니다."

"이거, 이거, 괜찮은 소스가 들어왔군."

쿠로는 의미심장한 미소를 지었다. 천화를 위가로 몰아넣는 것조차 두 번째 룰인 시험의 난이도는 너무 높으면 안 된다는 것에 걸려 불가능에 가까웠다. 천화 또한 S급. 약간의 고난은 줄 수 있겠지만 거기까지다.

"이 둘을 이용할 수 있겠어."

고작 B급인 수연과 서연은 충분히 위기로 몰아넣을 수 있었다. 그때 혼이 허둥거리는 모습을 보여주면 나름 재밌는 시험이 완성될 것이다. 거기에 만약 혼이 구하지 못한다면? 관중들에게 위기감까지 심어줄 수 있을 것.

"그럼 시험을 좀 짜볼까?"

❖

두 번째 시험 당일까지 혼은 서연과 수연을 항상 데리고 다녔다. 그렇게 시험 당일 날이 다가왔고 혼과 천화는 첫 번째 시험 때 갔었던 그 경기장으로 들어갔다.

수천 명이 내지르는 환호성이 혼과 천화를 향해 날아들었다. 서연은 들어오는 혼을 보며 손을 흔들었다. 수연은 탐탁지 않게 서연을 쳐다보고 있었다.

"혼 오빠, 여기에요. 여기."

"이상한 생각 하지 마세요."

혼은 눈을 돌려 천화를 쳐다봤다. 천화는 먼저 앞으로

걸어 나갔다.

"첫 번째 시험에서 살아남은 플레이어 여러분 안녕하십니까. 156년 7월의 두 번째 시험을 시작하겠습니다. 두 번째 시험은 바로 시한폭탄입니다!"

"시한폭탄?"

천화와 혼이 동시에 중얼거렸다.

"자, 화면을 봐주시길 바랍니다."

한 남자가 화면에 나타났다. 남자의 머리 위에는 숫자가 줄어들고 있었다.

"저 숫자는 폭탄이 터지기까지 남은 숫자입니다. 저 숫자가 0이 되는 순간 폭탄이 터지며……."

화면에 있는 남자의 머리가 폭발했다. 쿠로는 잠시 움찔하더니 웃으며 말했다.

"이렇게 됩니다. 자, 그럼 폭탄이 자기 머리에 달렸다. 그럼 어떻게 해야 하는가. 바로 이겁니다."

쿠로는 밉살스럽게 생긴 폭탄 스티커를 꺼냈다. 그는 그것을 자신의 머리에 붙이며 말했다.

"이렇게 상대방의 머리에 붙이면 되는 겁니다. 그러면 폭탄은 그대로 상대편에게 옮겨가게 됩니다. 시간은 리셋이 되지 않으니 아슬아슬하게 넘기면 반격 당하지 않겠죠? 그리고 만약 폭탄을 가지고 있던 사람이 죽을 경우 폭탄은 임의적으로 다른 사람에게 양도됩니다. 1초쯤 남았을 때 원래 가지고 있던 사람이 죽으면 참 유감이겠죠."

임의로 양도된다는 뜻은 고작 2,3초 남은 폭탄이 당장 내 머리로 옮겨올 수도 있다는 것이었다. 그러면 아무것도 못하고 그냥 죽는 것이다. 혼은 이 시험이 또다시 자신과 천화를 노리고 만든 것이라는 것을 확신했다. 만약 저런 변수까지 없다면 천화와 혼은 모든 사람들에게서 도망쳐 다니며 단 한 번도 폭탄의 위협을 받지 않을 것이다.

"두 번째 시험은 총 50명이 살아남겠습니다! 하지만 그러면 일방적인 살육이 되겠죠? 폭탄이 달린 플레이어를 포함한 나머지 플레이어를 죽일 경우 폭탄이 자신의 머리에도 달리게 됩니다. 그럼 시험에는 두 개의 폭탄이 존재하게 되겠죠?"

즉 서로의 살육은 불가능하다는 것이다. 폭탄이 늘어나면 늘어날수록 위험도는 배로 올라가니까.

"그럼 시작하겠습니다!"

쿠로의 외침과 함께 공간이 뒤틀렸다.

이번의 장소는 거대한 저택 안이었다. 만화에서 보던 서양식 저택. 거대한 홀과 바로 옆으로는 2층으로 올라가는 넓은 계단이 보였고, 계단 뒤 문으로는 정원이 보였다.

숲속이라는 열린 공간과는 달리 서로 부딪힐 수밖에 없는 곳이었다. 그래도 별관과 창고, 중앙에는 정원까지 있는 저택이라 100여명의 사람들이 자유롭게 돌아다니기에는 충분했다.

"혼 오빠. 다행이네요. 떨어지지 않아서."

서연이 맹렬하게 달려와 혼의 팔을 잡았다. 혼은 고개를 끄덕이며 긍정했다. 혼 입장에서도 수연과 서연이 옆에 붙어 있는 것이 좋았으니까.

"뭐야! 이게 뭐야!"

2층에서 그림을 보던 한 남자가 자신의 머리 위를 쳐다보며 외쳤다. 근처에 있던 사람들은 깜짝 놀라 넘어지면서도 남자에게서 멀어지기 위해 달렸다. 몇몇은 2층에서 뛰어내려 뒷문으로 도망쳤다.

"도망치자."

혼이 말했다.

폭탄을 단 사람은 말 그대로 무적이다. 폭탄이 달렸다고 죽이면 폭탄이 자신의 머리에 달릴 가능성이 있었다. 혼의 뒤를 따라 여자들까지 전부 같이 달렸다.

혼은 뒷문으로 사람들이 대부분 나가는 것을 보고 재빠르게 1층 복도 끝에 있는 방으로 들어갔다. 폭탄은 군중심리 때문에 뒷문으로 사람들을 쫓아 나갔다. 안전을 확인한 혼은 가장 먼저 주머니의 스티커를 꺼냈다.

"이거군. 다들 가지고 있나 봐봐."

수연과 서연, 그리고 천화까지 스티커를 꺼내보았다. 혼은 천화의 옆으로 가서 몇 장인지를 확인했다.

"음, 각자 10장씩인가 보네."

혼은 자신의 것까지 미리 세어 놓았다. 천화는 혼에게서 스티커를 받아들고는 주머니에 넣었다. 혼은 수연과 서연을 돌아보며 말했다.

"가장 중요한 건 스티커야. 한 주머니에 몰아넣지 말고 최소한 한 개는 숨겨놓도록 해."

스티커는 목숨 줄이었다. 10장을 준 이유는 10번 밖에 다른 사람에게 양도할 수 없다는 뜻이었다. 게다가 자세히 보면 스티커에는 이름이 새겨져 있어 사용자를 한정시켜 놓았다.

즉 스티커가 없다면 폭탄이 달리는 순간 앉아서 죽기만을 기다려야 했다.

이번 시험은 50명이 남은 시점에서 종료다. 혼은 진지하게 고민했다. 머리 위에 폭탄을 달고 50명을 죽여 볼까? 숨을 수 있다는 변수를 생각하면 좋은 생각은 아니었다.

"조금 숫자를 죽일 필요는 있겠어."

펑!

밖에서 터지는 소리와 함께 비명소리가 들렸다. 누군가가 죽었다는 소리는 이제 또 누군가에게 폭탄이 씌어졌다는 소리였다.

다행히 방 안에 있는 4명 중 하나는 아니었다.

"아까 폭탄의 시간 본 사람?"

"제가 봤어요."

천화가 손을 들었다. 정확히 말하면 본 게 아니라 시선이 정말 잠시 머문 것뿐이다. 허나 절대기억은 밀리세컨드까지 확실하게 잡아냈다.

"정확히는 2:49:65라고 적혀 있었어요."

"그럼 3분이군."

3분마다 한명씩 죽는다고 치면 2시간 30분 정도면 시험이 끝난다는 소리였다. 이대로 가만히 있을 수는 없었다.

그 순간 다른 소리가 들렸다.

－방금 폭탄을 가진 플레이어가 타 플레이어의 손에 죽었습니다. 폭탄이 2개가 됩니다.－

"망할."

혼은 밖으로 나갔다. 자기 머리에 시간이 얼마 남지 않은 폭탄을 올리고 싶지 않아 죽인 것은 이해할 수 있다. 30초짜리 폭탄을 다는 것보다는 3분짜리를 다는 게 나을 테니까. 하지만 혼의 생각보다도 더 빠르게 폭탄의 숫자가 늘어났다.

펑!

30초짜리 폭탄이 터졌다. 혼을 비롯한 세 사람은 동시에 머리 위를 확인했다.

아직 누구의 머리에도 폭탄이 달리지 않았다. 그러나 순식간에 듣기 싫었던 뉴스가 흘러나왔다.

-방금 폭탄을 가진 플레이어가 타 플레이어의 손에 죽었습니다. 폭탄이 3개가 됩니다.-

-방금 폭탄을 가진 플레이어가 타 플레이어의 손에 죽었습니다. 폭탄이 4개가 됩니다.-

"곱게 죽을 것이지. 참."

혼은 머리를 긁적였다. 그때 서연은 자신의 머리위에 폭탄이 생길까 두려워하며 혼의 옷자락을 잡았다. 혼은 고개를 들어 자신의 머리 위를 보았다. 다행이도 폭탄은 달리지 않았다. 하지만 익숙한 한숨소리가 들렸다.

"저네요."

천화가 아랫입술을 깨물며 말했다. 그녀의 3분의 시간이 빠르게 흘러가고 있었다.

"후, 좋아. 그럼 빨리 다른 사람한테 붙이자."

"그, 그래야죠."

"그 전에 너의 스티커 하나만 줘봐."

천화는 빠르게 스티커를 건넨 뒤 밖으로 나왔다.

저택 안은 난장판이었다. 폭탄이 달린 플레이어들이 문을 다 부숴놓은 덕분에 완전 폐허가 된 상태였다. 혼은 천화의 스티커를 들고 빠르게 밖으로 뛰어나갔다. 다 같이 숨어 있다가 방금 폭탄이 달려 위험지대가 된 곳에서 도망쳐 나오는 사람들이 보였다. 혼은 빠르게 달려가 아무나 잡고 천화의 스티커를 붙였다.

그러자 스티커가 붙은 남자의 머리 위에 시간초가 생겼다. 혼은 천화를 돌아보았다. 천화는 한발자국 늦게 와 혼을 쳐다봤다.

폭탄은 다른 사람이 스티커를 붙이더라도 옮겨간다. 혼은 다시 천화를 데리고 원래 있던 방으로 돌아갔다.

"혼씨, 된 거에요?"

"그래, 내가 붙여도 넘어가더라."

얼마 지나지 않아 펑하고 터지는 소리가 났다. 역시나 반사적으로 머리 위를 확인했다. 남은 인원이라도 알 수 있다면 좋을 텐데 저택 안 어디를 둘러봐도 찾을 수가 없었다.

"남은 인원이 얼마나 될까?"

"저번처럼 하늘에 있지 않을까요?"

천화의 말에 혼이 멍한 얼굴이 되었다. 왜 그걸 생각하지 못했을까? 혼은 급히 나가 하늘을 올려다보았다. 역시나 첫 번째 시험처럼 남은 인원수가 적혀 있었다.

86명.

아직 많이 남았다. 36명은 더 죽어야 안전하게 되는 것이었다. 무엇보다도 이제 고착상태에 빠진 것 같았다. 폭탄들이 열심히 다른 플레이어들을 찾아다니고 있는 것이 보였다. 대부분이 완벽하게 숨어 있었기 때문에 3분 안에 찾기란 어려웠다.

"우리도 이 방에서 숨을 곳을 찾아야겠어."

혼이 말하자 세 여자가 고개를 끄덕였다. 수연과 서연은 벽장 안에 숨었고, 혼과 천화는 식탁 밑으로 몸을 숨겼다. 아니나 다를까, 얼마 지나지 않아 머리에 50초 정도를 남긴 남자가 들어왔다.

"씨발, 씨발, 씨바알!"

남자는 빈 방을 보고 오열했다. 그는 방 안에 있는 것들을 집어 던지다가 수연과 서연이 숨은 벽장을 걷어찼다. 다행히 수연과 서연은 신음소리를 내는 바보 같은 짓은 하지 않았다. 남자는 한참을 울부짖다가 밖으로 뛰쳐나갔다. 그리고 얼마 안 있어 펑하고 터지는 소리가 났다.

"이건 야단났네."

다들 숨어버린 이상 만약에 지금 이 방에 있는 4명 중 한 명의 머리위에 폭탄이 뜨는 순간 어떻게 할 수가 없었다. 천화는 펑 소리가 들린 순간부터 손톱을 물어뜯고 있었다.

"설마 혼씨, 수연씨랑 서연이를 데리고 온 이유가."

"너무 앞서갔어. 난 시험이 뭔지도 몰랐다고."

혼은 어깨를 으쓱하며 밖으로 나갔다. 이번에도 네 사

람 중 누구의 머리 위에도 시계가 달려있지는 않았다. 안
도하는 것도 잠시, 또 한 번 펑 소리가 들렸고 별관에서
수많은 사람들이 무더기로 쏟아져 나왔다. 그 중에는 폭
탄을 달고 있는 두 사람도 보였다. 그리고 역시나 우려하
던 일이 또 발생했다.

─방금 폭탄을 가진 플레이어가 타 플레이어의 손에 죽
었습니다. 폭탄이 5개가 됩니다.─

─방금 폭탄을 가진 플레이어가 타 플레이어의 손에 죽
었습니다. 폭탄이 6개가 됩니다.─

"이러다가 다 폭탄 달고 다니겠다."

"호, 혼씨! 머리 위에."

혼은 고개를 들어 위를 보았다. 이번에는 혼의 차례였
다. 혼은 한숨을 쉬고는 창문을 깨며 정원으로 몸을 날렸
다.

"금방 오마!"

그렇게 10초 정도. 혼은 머리에 달린 폭탄을 누군가에
게 떼어준 뒤 돌아왔다. 펑, 펑, 머리 터지는 소리가 몇 번
울려 터졌다. 혼은 또 다시 하늘을 체크했다. 71명. 반 넘
게 준 것이다.

그리고 3분 뒤, 65명, 또 3분 뒤 59명이 되었다. 시험
의 끝이 보이는 순간 우려하던 일이 터졌다.

"이제 어떡하죠?"

천화, 수연, 그리고 서연까지 총 3명의 머리 위에 시한 폭탄이 달린 것이다. 혼까지 폭탄이 되지 않은 게 천만다 행이라고 해야 할까. 이미 폭탄은 9개 정도로 늘어나 있 었다. 이번 폭탄이 마지막이라는 소리였다.

"이렇게 되어 버리면 큰일인데."

"당연히 큰일이죠. 이제 사람들이 다 숨어버려서 찾을 수도 없잖아요."

"아니, 그것보다 더 큰일이야."

-방금 폭탄을 가진 플레이어가 타 플레이어의 손에 죽 었습니다. 폭탄이 10개가 됩니다.-

-방금 폭탄을 가진 플레이어가 타 플레이어의 손에 죽 었습니다. 폭탄이 11개가 됩니다.-

생존자는 57명, 폭탄은 11개. 무슨 뜻이겠는가.

가장 시간이 적은 폭탄을 가진 7명이 죽고 나면 시험이 끝난다는 소리였다. 지금 폭탄을 가지고 있는 사람을 죽 여 머리위에 3분짜리가 생기더라도 그것은 가장 싱싱한 폭탄일 것이니 안전하다는 것이었다. 덤으로 다른 녀석 들의 폭탄이 옮겨올 가능성도 없으니 1석2조라 할 수 있 다.

"즉 서로 죽고 죽이기, 혹은 완벽한 제압이 시작되었겠 지."

시간이 적은 폭탄을 가지고 있는 사람은 그룹 안에 있

다가 제압되었을 것이다. 시간이 많은 폭탄을 가진 사람은 그저 몸을 숨기고 있으면 끝이다. 즉 천화와, 수연, 그리고 서연의 폭탄을 처리할 수 없다는 뜻이었다.

"잠깐, 아직 수가 남았어요."

천화가 앞으로 나서며 말했다.

"만약에 폭탄을 가지고 있는 사람에게 스티커를 붙이면 어떻게 되죠?"

천화는 서연의 스티커를 가져가 자신의 이마에 붙였다. 그러자 서연의 머리 위에 있던 폭탄이 사라졌다. 폭탄을 늘리는 방법이 있다면 폭탄을 제거하는 방법도 있다는 것이었다. 천화는 뒤이어 수연의 스티커를 가져다가 자신의 이마에 붙였다.

"자, 이제 폭탄이 하나가 됐네요."

천화가 의기양양하게 말하자

"그래, 네 돌머리를 날려버릴 폭탄이 하나만 남았지."

"처, 천화언니!"

서연이 천화의 팔을 붙잡았다. 천화는 어깨를 으쓱거리며 수호설을 꺼내들었다.

"이거면 되지 않을까요?"

"퍽이나 되겠다."

혼은 머리를 긁적이며 말했다.

"오, 오빠 어떡해요. 이대로면 천화 언니가."

서연이 눈물을 글썽거리며 말했다. 하지만 그녀의 얼굴에서는 자신은 벗어났다는 안도감이 보였다. 혼은 미소를 지으며 서연에게 말했다.

"천화 언니는 괜찮을 거야."

수연은 천화에게 시선이 꽂혀 있었다. 어떻게 저런 사람이 지금까지 살아남을 수 있었을까. 정말로 저게 가능하다고 믿는 것일까?

아마도 저 단검은 보호막을 만드는, 무언가 방어의 능력을 가진 단검일 것이다. 허나 머리를 부수는 이 폭발은 내부에서 시작되는 것이었다. 외부를 감싸는 보호막으로는 절대로 막을 수 없는 것이었다. 그걸 알면서도 말을 못한다는 사실이 수연을 더욱 괴롭혔다.

'그래, 괜찮아. 서연이랑 나는 살았잖아.'

10초. 9초. 8초.

시간초가 지나지만 혼은 딱히 천화를 말리지 않았다. 천화는 수호설을 잡은 손에 힘을 주었다. 푸른 기운이 천화의 머리를 감쌌다.

7초, 6초, 5초.

서연은 입을 다물고 혼의 팔에 매달려 있었다. 혼은 한숨을 쉬더니 천화에게 말했다.

"야, 너 계속해서 질투했었잖아."

"네? 누, 누가 질투를 해요?"

3초, 2초.

"질투하지 마라."

혼은 그렇게 말한 뒤 세버런스로 수연의 목을 찔렀다. 신속을 사용한 공격이었다. 수연도 서연도 천화도 반응하지 못한 전광석화와 같은 공격. 혼은 곧바로 주머니에서 스티커를 꺼내 서연의 머리에 붙였다.

"이런 용도였으니까."

1초. 펑!

서연의 머리가 박살나며 천화의 동공이 튀어나올 듯 커졌다. 혼은 묻은 피를 닦으며 천화를 향해 미소를 지어보였다.

"내가 괜찮을 거라고 했잖아."

천화의 눈동자가, 양손이 흔들렸다.

-시험 종료-

50명이 살아남는 두 번째 시험이 종료되었다.

❖

시험이 끝나고 회장은 난리가 나 있었다. 마지막 혼이 보여준 모습은 영웅의 그것이 아니었다. 아마 관중들은 혼이 어떻게든 다른 사람을 찾아 동료를 구하는 모습을 원했겠지만 결과는 참담했다.

"처음부터 노리고 꼬신 거라며."

"연기였데. 대박."

여기저기서 혼을 악역으로 내몰고 있었다. 자신을 좋아하던 어린 여자아이를 잔인하게 죽인 주인공은 환영받을 수 없는 존재였다.

천화도 말없이 마차에 타고 이동했다.

"화났냐?"

"아니요. 그럴 수밖에 없었잖아요. 저한테는 생명의 은인인데요. 목숨 2개 빚졌네요."

사실 천화는 무서웠다. 폭탄이라는 것이 수호설로 막을 수 있는 것일까? 확실하지 않았다. 그녀도 사람이었기 때문에 죽는 것은 싫었다. 다만 그 자리에서 남을 죽일 수가 없었을 뿐이다. 그것을 대신 해준 혼에게 감사하지 못하는 이기심도 싫었다. 천화는 살아남은 것에 안도하면서도 못된 인간이 되기 싫어하는 자신에게 실망했다.

"녀석이 그런 시험을 준비할 거라는 생각은 했다. 너나, 나, 둘 중 하나는 죽을 위기를 맞이할 시험을 준비할거라고. 그렇기 때문에 시험관에게 조금 더 선택의 폭을 준거야. 소중한 사람이 생긴 척 연기를 해서."

혼은 잠시 말을 멈추고 천화를 쳐다봤다.

"미안했다. 미리 말 안 해서."

"그런 소리……."

천화는 말을 멈췄다.

혼이 천화를 믿듯이, 천화도 혼을 믿고 있었다. 혼이라는 남자는 잔혹하고, 손익을 따지며, 생존을 위해서는 누구보다도 악랄해지는 사람이었지만 천화에게 있어서는 생명의 은인이며 또 절대로 배신하지 않는 동료였다. 천화는 그것이 자신의 능력 때문이든, 자신의 성격 때문이든 상관없었다.

"그런 소리 하지 말아요."

천화는 숨을 크게 내쉬었다. 지금 중요한 건, 혼이 수연과 서연을 죽였다는 것이 아니었다. 세 번째 시험이 다가오고 있었다.

"내 선택이었으면 지금 이 자리에 내가 없었겠죠. 혼씨의 선택이 옳고, 내가 틀렸고, 그런 건 없다고 생각해요. 앞으로도 난 나처럼 행동하고 혼씨는 혼처럼 행동하겠죠. 그냥 그렇게 이해하면 되요."

"말이라도 고맙군. 그렇게 똑똑하니까 데리고 다니는 거야."

"분위기 깨지 마시죠."

혼은 미소를 짓고는 창밖을 보았다.

"그나저나 세 번째 시험 전에 약속이 있잖아요."

"아, 아셀이 구해주는 거?"

"그것도 안한다고 하진 않겠죠? 약속은 지켜줬으면 좋

겠어요."

혼은 고개를 끄덕였다.

"어, 맞아. 세 번째 시험까지 위험할 수는 없으니까."

혼은 아셀을 구해 준 다기 보다는 그 잘난 시험 관리관을 만나 볼 생각이었다. 녀석을 죽여 버리고 다른 놈을 조종해 시험을 평범하게라도 만들면 아무 위기 없이 다음 미로로 갈 수 있다. 특히 이번 시험은 만약 옆에 수연과 서연이 없었다면 위험했다. 뭐 애초에 그 두 사람이 없었다면 다른 그룹에 아주 자연스럽게 스며들어갔을 테지만.

호텔에 도착하자 아셀이 바들바들 떨고 있었다. 저녁이라 바람이 쌀쌀했다.

"벌써 와 있네."

"수고하셨어요. 멋있었어요."

"멋있었다고?"

아셀이 씁쓸하게 웃었다.

"원래 천화씨 지키려고 그렇게 한거잖아요. 그죠?"

기분이 나쁘지는 않았다. 사방에서 혼의 인격에 대해 떠들고 있는 상황이었다. 아셀 같은 경우에는 혼이 애초에 서연과 수연을 천화를 지키기 위한 용도로만 사용했다는 것을 알고 있었다.

"왜 설마 내가 너 모르는 척 할까봐 왔어?"

"네?"

혼이 농담을 던지자 아셀이 영문을 모르겠다는 듯이 말했다. 혼은 한심하다는 듯 아셀을 쳐다보다가 그녀의 귀에 대고 말했다.

"곧 너 죽는다고. 알아?"

"아, 맞아. 그랬죠?"

아셀이 까먹고 있었다는 듯 말했다.

"그보다, 이거."

아셀은 방금 테이크 어웨이 한 중국음식을 내밀었다.

"저녁 안 드셨죠? 오늘은 더 피곤하실 거 같아서 싸왔어요."

"가지고 들어와라."

혼은 그렇게 말하고 호텔 안으로 들어갔다. 호텔 앞에는 수많은 사람들이 혼을 보러 와 있었다. 천화는 그 뒤를 아셀을 데리고 따라갔다.

'이거, 정들겠네.'

혼은 뒤통수를 긁으며 미간을 찌푸렸다.

메이즈
헌터

3

Maze Hunter

3

다음 날.

혼의 방에서 세 사람은 다시 모였다. 혼은 당장이라도 관리자를 죽이고 새로운 관리자를 만들 생각이었다. 허나 이 관리자라는 것이 어떻게 임명되는 건지, 만약 시험 도중 죽을 경우 어떻게 되는 건지 알고 있는 것이 없었다.

"그래서 관리자는 뭘 하고, 어떻게 임명되는 거지?"

"어, 그러니까. 관리자는 시험을 만들어요. 시험을 만들 수 있는 아이템이 있거든요. 그걸 가지고 다니는 거죠. 보통 관리자는 스페이도 가문에서 나오거든요."

"스페이도 가문?"

"그, 왜 등급 정해주신 분 있잖아요. 그분 가문에서 보통 관리를 해서."

"한마디로 스페이도 가문이 죽으면 또 다른 스페이도 가문이 시험을 관리한다는 건가?"

"뭐, 그렇죠. 그쪽 가문 사람들은 사람의 강함을 꿰뚫어보는 신기한 힘이 있어서 등급제도라던가 플레이어의 배당금을 결정하죠. 돈을 굴리니까 권력이 있는 셈이죠."

아셀은 손가락을 비비며 웃었다.

"기득권이라는 거군."

'네, 맞아요.'

"스페이도 가문의 숫자는 얼마나 되지?"

"글쎄요, 꽤 많아요. 정확한 숫자는 모르겠지만 한 100명 정도?"

"다 죽이는 건 어렵겠네."

혼의 말에 천화와 아셀이 흠칫 놀랐다. 아셀은 볼을 긁적이며 너스레를 떨었다.

"에이, 농담은."

"농담이 아니야."

천화가 고개를 절래 흔들었다. 혼은 진지하게 고민하고 있었다. 한 10명 정도만 되어도 하나씩, 하나씩 들키지 않게 죽인 뒤 묻어버리면 시험이 끝날 때까지는 들키지 않

을 수 있다. 하지만 100명이 넘어가면 몰래 암살한다는
선택지는 포기해야 했다.

"세 번째 시험 날이 언제지?"

"5일 뒤요."

혼은 고개를 끄덕이고 벌떡 일어났다. 대충 알고 싶은
정보는 알았다. 나머지는 이제 가장 잘하던, 자주하던 일
을 오랜만에 하는 것뿐이었다.

❖

쿠로는 중앙도시의 귀족들과 만찬을 열고 있었다. 워
커, 미궁으로 떨어진 지구인들이 도시로 들어오기 시작하
면서 신분제도는 많이 사라졌지만 귀족들은 여전히 기득
권이었다. 한 가지 다른 점은 돈만 있으면 귀족이 될 수
있다는 것뿐이었다.

"이야, 쿠로 시험장. 이번 시험은 아주 재밌었어."

"시한폭탄 게임이라니. 마지막에 유천화가 폭탄을 모
을 때는 내 돈이 다 날아갈까 봐 심장 조렸다는 거 아니
야! 하하하."

"돈 걸면 그게 내 딸이고 아들이지 하하."

귀족들은 대부분 도박에 참가하고 있음과 동시에 쿠로
가 운영하는 배팅장의 자금줄이었다.

만찬은 사치스러웠다. 배짱이의 모습을 한 충인들이 현악 4중주를 펼치고 있었고, 고작 30명 남짓한 사람들을 위해 100명이 넘는 충인들이 서빙을 하고 있었다.

쿠로는 그 안에서 단연 인기인이었다. 스페이도 가문의 수장으로 현재 시험장이기도 한 그는 도시의 실질적인 지배자라 할 수 있었다.

"그나저나 3번째 시험은 어떻게 할 생각인가?"

거대한 등껍질에 검은 점이 박힌 중년 남자가 쿠로에게 말했다. 쿠로는 접대용 미소를 지으며 그를 반겼다.

"오, 헤일님. 그건 비밀이라 말할 수 없습니다. 원래 시험은 극비에 붙여야 하지 않습니까?"

"그러지 말고 좀 알려주게. 시험들을 보니까 그 S급이라고 안전한 게 아니더라고."

쿠로는 겉으로는 웃으며 속으로는 욕을 하고 있었다. 3번 째 시험은 아직 정해지지도 않았다. 이 만찬을 하면서도 머리로는 다음 시험에 대해서 생각하고 있던 참이다.

이 혼이라는 남자는 예상 밖이었다. 사람들이 좋아해줘서 다행이지 설마 수연과 서연이 천화를 지키기 위한 말일 줄은 꿈에도 생각하지 못했다. 연출가인 쿠로가 생각한 그림은 천화와 서연 사이에서 고민하는 혼의 모습이지 냉정하고 쿨 한 혼의 모습이 아니었다.

제대로 생각하지 않으면 마무리라고 할 수 있는 세 번

째 시험이 망할 가능성이 컸다. 어떤 시험이건 관중들은 마지막을 떠올린다. 자칫 잘못하면 역사상 처음 나온 SSS급을 제대로 살리지도 못한 스페이드로 역사에 남을 것이다.

"꺄악! 죄, 죄송합니다."

그때 서빙을 하던 웨이터가 넘어지면서 음료수를 흘렸다. 음료수는 쿠로의 신발에 살짝 튀는 정도로 끝이 났다. 쿠로는 급하게 잔을 줍고 있는 여자를 불쾌한 표정으로 내려다봤다.

"낙오자년이 왜 여기 있어? 관리자 누구야?"

쿠로가 외치자 저 멀리서 귀족들에게 굽실거리던 남자가 뛰어왔다.

"낙오자년이 왜 여기 있지?"

"죄송합니다. 죄송합니다. 금방 치워드리겠습니다. 뭐해, 빨리 치우지 않고."

여자는 지구인이었다. 플레이어로서 강제로 시험에 참가하는 것은 처음 중앙도시에 들어왔을 때 뿐, 그 뒤로는 시험에 참가할지 하지 않을지를 결정할 수 있었다.

운 좋게 살아남은 대부분의 C급이나 D급의 플레이어들은 목숨을 부지하기 위해 차별이 있다는 것을 알면서도 시험에 참가하지 않았다. 그렇다고 밖으로 나갈 방법도 없기 때문에 낙오자로서 살아가야만했다.

"죄, 죄송합니다. 빨리 치우겠습니다."

여자는 주머니에 꽂아 넣고 다니던 수건을 꺼내 쿠로의 신발을 닦았다. 쿠로는 그런 여자의 얼굴을 발로 찼다.

"그건 식탁이나 닦던 거 아니냐."

쿠로는 관리자를 노려보고는 말했다.

"더러운 낙오자년부터 치워."

"알겠습니다."

관리자는 여자의 머리를 잡아 일으켜 세웠다. 여자는 고개를 푹 숙인 채 밖으로 나갔다. 쿠로는 금세 표정을 바꾸어 다시 귀족들을 상대했다. 답답했던 속을 비워낸 쿠로의 미소는 전보다 더욱 잘 만들어진 가면과도 같았다.

만찬이 끝이 나고 쿠로는 귀족들과 인사를 나눈 뒤 밖으로 나왔다.

"수고하셨습니다."

스페이도 가문의 비서이자 아셀의 뒤를 밟기도 했던 퓨리였다. 앞머리를 눈 아래까지 내린 퓨리가 고개를 숙이며 인사를 하자 쿠로는 손을 들며 마차에 올라탔다. 퓨리는 마부에게 지시를 내린 뒤 쿠로의 뒤를 따라 들어갔다.

쿠로는 퓨리가 타자마자 인상을 쓰며 말했다.

"감시는 잘하고 있는 거냐?"

"호텔 밖으로 나오지 않습니다. 감시는 붙여 놓았습니

다."

"망할 돼지 놈들. 시험 짜는 게 얼마나 힘든 일인지도 모르고 훈수나 두는 꼬락서니하고는."

쿠로는 혀를 찼다.

"원하는 결말은 만들어줘야지. S급 여자는 죽인다. SSS급이 통과를 못하면 귀족들이 난리가 날 테니까."

아무리 생각해도 엔딩으로는 천화가 죽는 장면이 최고였다. 혼신의 힘을 다해 지킨 파트너의 죽음, 그로인한 성장, 관중들과 귀족이 원하는 그림이 아니겠는가. 어차피 사람이 원하는 것은 거기서 거기다. 쿠로는 다년간 시험 장을 해오며 그 본질을 잘 알고 있었다.

"폭탄까지 조작해서 죽여 보려고 했지만 안 되지 않았습니까?"

수연과, 서연, 그리고 천화. 이 세 사람에게 동시에 폭탄이 걸린 것은 우연이 아니었다. 원래부터 그 시험은 마지막에 세 사람에게 폭탄이 걸리도록 쿠로가 손을 써놓은 것이었다. 물론 일방적인 방법으로는 불가능하다. 허나 쿠로는 시험의 구멍을 아주 잘 알고 있었다.

그는 4명이 모여 있는 그룹이 있으면 그 중 3명에게 폭탄을 걸게 한 것뿐이었다. 혼이 다른 이들과 같이 있지 않을 거라는 확신과, 만약 혼의 머리에 폭탄이 생긴다 하더라도 꽤나 괜찮은 그림이 나올 걸 예상한 것이었다.

"어차피 저번에는 갈등하게 만드는 것이 목표였지 그 유천화가 목표는 아니었으니까."

쿠로는 사악하게 웃었다.

"그보다, 이제 슬슬 아셀을 처리할 때가 되었다. 당장 내일이라도 처리해버려. 혼이랑 유천화한테는 안내역이 바뀌었다며 네가 들어가라."

"알겠습니다."

퓨리는 고개를 숙이며 대답했다.

❖

혼과 천화는 시험 관리소 앞에 서 있었다. 정확히 말하자면 천화만 대놓고 정문에 서 있었고 혼은 배경에 녹아들어 어딘가에 대기하고 있었다. 아셀은 국어책을 읽듯이 말했다.

"여, 여기가 시험 관리소에요"

"굉장히 크네."

천화가 들어가는 이유는 크게 두 가지다. 먼저 혼이 들어가면 나름 두뇌파인 쿠로가 경계를 할 수 있기 때문이다. 변장을 해봤자 능력을 꿰뚫어보는 쿠로의 눈을 속일 수는 없을 것이다. 그런 의미로 이미지가 깨끗한 천화가 궁금해서 견학을 왔다고 하는 편이 나을 것이다.

또 한 가지는 천화의 능력 때문이다. 물론 혼도 기억력에 있어서는 보통 사람보다 우위에 있지만 천화와 비교할 수는 없었다. 천화는 자신이 본 모든 정보를 사진처럼 백지위에 그릴 수 있었다. 암살이고 뭐고 구조를 알아야 할 수 있는 것이 아니겠는가.

시험 관리소는 고작 3층으로 크기는 작았으나 대리석으로 지어져 마치 그리스 시대의 신전을 연상케 했다.

천화와 아셀은 정문으로 들어갔다. 두 사람을 맞이한 것은 갈색 제복을 입은 경비원들이었다.

"어쩐 일이십……니까?"

경비는 천화를 보고 잠시 말을 멈췄다가 마른 입술을 적시며 말했다. 천화는 꽤나 많은 팬을 가지고 있었다. 고작 3주 정도 시험을 치루고 갈 사람이었지만 충인들에게 있어 유명한 플레이어들은 평생의 자부심이 되기도 한다. 왜 상상으로 펼치는 최강자전이라는 것이 있지 않던가.

"저희가 치루는 시험이 어디서 만드는지 궁금해서요. 견학이 가능한가요?"

천화는 눈웃음을 지으며 말했다. 가면을 쓰는 것은 익숙했다. 박애주의라고는 하지만 천화도 미궁인. 남을 헤치기 위한 연기는 한 적이 없지만 남들과 어울리기 위한 연기는 그녀도 매일 같이 해오던 것이었다.

"아, 원래라면 예약을 하셔야 하지만……, 잠시만 기다리세요."

경비원은 안절부절 못하며 여기저기에 전화를 걸었다. 한참을 심각한 표정으로 물어보던 경비원은 환한 미소와 함께 돌아와 말했다.

"안으로 들어가셔도 됩니다. 안에서는 창고가 비활성화 되니 물이나 필기도구 같은 것이 필요하시면 여기서 꺼내주시길 바라겠습니다. 그럼 준비 되시면 같이 안으로 들어가시죠."

"어머, 진짜요. 고마워요."

천화는 미소를 지으며 말했고 경비원은 심호흡을 하며 투명한 문을 밀고 안으로 들어갔다. 천화는 꼼꼼하게 물어보며 내부를 속속히 보았다. 경비원에게 칭찬을 끊이지 않고 하며 구석구석 전부 돌아보는 그녀의 모습에 아셀도 놀랄 정도였다.

"선수시네요."

"하하, 비위 맞추는 건 잘하니까요."

한 시간도 되지 않아 천화와 아셀은 밖으로 나왔다. 사무실 안은 말단들이 일하는 곳을 제외하면 열람할 수 없다고 했다. 두 여자는 혼이 말한 대로 상점가에서 쇼핑까지 하다 호텔로 돌아왔다.

"벌써 돌아와 있었네요?"

천화는 방 안에 홀로 앉아있는 혼을 발견하고 말했다.

"그럴 수 있겠어?"

"당연하죠."

천화는 바로 백지 위에 시험 관리소의 도면을 그리기 시작했다. 그러는 와중에 혼이 아셀에게 말했다.

"넌 나가서 저녁 사와. 그 왜 골목에 있던 거 있잖아. 아르간이었나?"

"아르간 맞아요."

천화가 그림을 그리며 말했다. 혼은 고개를 끄덕이고 아셀에게 오더를 이어나갔다.

"거기 가서 우리 셋이 먹을 것 좀 사와. 카드는 여기."

"거기 별로 안 좋아하셨잖아요."

나름 유명한 음식점이었기 때문에 아셀이 혼과 천화를 데리고 간 적이 있었다. 그때 혼의 평가는 '벌레들이나 좋아할 거 같군.' 이었다.

"매력 있더라고."

혼은 그렇게 말하고 아셀에게 빨리 나가라고 손짓했다. 아셀은 고개를 끄덕이고는 밖으로 나갔다. 아셀이 나가는 것을 확인한 천화가 혼에게 말했다.

"빨리 들어와요. 옆으로 새지 말고."

"뭐야, 눈치 챘어?"

"같이 다닌 시간이 얼마인데요."

혼은 미소를 지으며 자리에서 일어섰다.

아셀은 콧노래를 흥얼거리며 호텔을 나섰다. 아셀은 사람들이 많은 번화가를 지나쳐 골목으로 들어갔다. 아르간까지 가기 위해서는 밤이 되어 모든 가게가 문을 닫은 길을 지나가야만 했다. 어릴 때부터 아르간을 오갔던 아셀은 겁 없이 길목에 들어섰다.

그 순간 싸한 한기가 그녀의 몸을 감쌌다. 아셀은 뒤통수가 간질간질해 고개를 돌렸다. 희미한 가로등 밑으로 고양이 한 마리가 울었다. 아셀은 입맛을 다시며 다시 걸어 나갔다.

"아오, 추워. 옷 좀 입고 나올걸 그랬나?"

척추로부터 목까지 전해오는 둔탁한 아픔은 추위 탓이다. 아셀은 그렇게 생각하고 있었다. 퍽하는 소리와 함께 그림자가 아셀의 위를 훑고 지나갔다. 아셀은 화들짝 놀라며 고개를 들었다.

"뭐, 뭐야!"

역시나 그곳에는 달빛만이 고요하게 빛나고 있었다. 아셀은 앞으로 밤에 야식 먹으러 아르간에 오는 건 좀 지양하자는 생각을 가지게 되었다.

"뭐지? 폴터가이스트?"

아셀은 겁에 질려 아르간까지 단숨에 뛰어갔다. 사라져 가는 아셀의 뒤로 붉은 물방울이 조용하게 똑똑, 떨어졌다.

"다치셨네요?"

천화가 혼의 팔을 보며 말했다. 혼은 살짝 긁힌 상처를 흘깃 보고는 바로 대답했다.

"소리 나지 않게 죽이려면 손톱에 긁히기도 하지."

목을 찔러 성대를 잘라낸다. 그 과정에서 상대가 소리를 지르면 안 되기 때문에 입을 막아야 하는데 보통의 경우 상대는 손톱이 살에 박힐 정도로 저항한다. 목을 한 번에 자르는 방법도 있었지만 그렇게 할 경우 피바다가 될 것이 분명하고 머리 떨어지는 소리도 꽤나 둔탁하게 난다.

"아셀씨를 죽이려고 한거에요?"

"그래. 필요가 없으니까."

혼은 뭔가를 열심히 만들고 있었다. 방금 점수상점에서 가발을 하나 구입한 참이었다. 다행히 혼이 죽인 퓨리의 신체조건은 혼과 유사했다. 혼은 가발을 쓰더니 목소리를 변조했다.

"아, 아. 대충 이런 느낌이군."

천화는 눈을 동그랗게 뜨고 혼을 쳐다봤다.

"대박이네요. 어디서 그런 걸 배워요?"

"네 목소리도 낼 수 있어."

혼은 미소를 짓더니 목을 가다듬었다.

"아. 아~, 아."

천화는 점점 여자목소리로 바뀌어가는 혼을 보며 신기해하고 있었다. 이윽고 혼은 완전히 천화의 목소리로 변해 있었다. 천화는 소름이 돋아 양팔을 감싸며 말했다.

"대박이네요."

"그렇죠?"

혼은 찡긋 웃으며 말했다. 그 모습이 더욱 더 소름 돋았다. 아니, 정말로 박애주의자인 천화의 손이 올라갈 정도였다. 하지만 혼은 멈추지 않고 말했다.

"천화는요~. 이렇게 예뻐요~. 뀨웅."

"제가 언제 그랬어요! 그만해요."

"그러지."

혼은 금세 자신의 모습으로 돌아왔다. 천화는 한숨을 내쉬었다. 진짜 애교는 평생 떨면 안 되겠다는 생각뿐이었다.

"안 민망해요."

"연기를 민망해하면 안되지. 난 너를 정확하게 따라했다고."

"그게 저에요?"

"정확히 말하면 내가 원하는 너지. 애교도 좀 떨고 그래봐."

혼은 천화의 머리를 헝클어트린 뒤 밖으로 나갔다. 천
화는 그런 혼을 가만히 쳐다보다가 혼잣말로 중얼거렸다.

"뀨웅? 아으~!"

다음 날, 혼은 미리 만든 가발과 퓨리의 옷을 입고 당당
하게 시험 관리소로 들어갔다. 경비원들은 그에게 인사를
할 뿐 어떠한 제지도 하지 않았다.

킬러로서 변장은 필수 기술 중 하나였다. 어떻게 보면
연기의 연장선이었다. 특정 인물부터 불특정 인물까지 혼
은 완벽하게 소화해낼 수 있었다.

사람이 사람을 자세히 보는 경우는 극히 드물다. 물론
마주보고 대화를 나누거나, 스킨십이 있을 경우에는 바로
들키겠지만 그렇지 않은 경우에는 몸짓과, 습관 그리고
말투로 사람을 판단하기가 쉽다. 의외로 생김새는 사람을
인식하는데 작은 비중을 차지했다.

혼은 아주 당당하게 걸어가 쿠로의 동향을 파악했다.
천화가 그려준 맵을 암기한 덕분에 정말로 퓨리처럼 자연
스럽게 돌아다닐 수 있었다. 어제 음주를 한 쿠로는 하품
을 하며 시험 제작실에 앉아있었다. 혼은 쿠로의 뒤로 가
자연스럽게 음료 한 병을 건넸다.

"과음하셔서 준비했습니다."

"어, 그래."

쿠로는 당연하다는 듯이 숙취해소 음료를 받아 마셨다.

숙취 음료에는 수면제가 들어 있었다. 독을 타는 것을 생각하지 않은 것은 아니다. 그러나 한 번에 죽일 수는 없었다. 시험을 만들고 수정하는 물건이 어떤 것인지를 모르기 때문에 쿠로를 살려둘 필요가 있었다.

"음."

쿠로는 음료를 입에서 떼더니 신음소리를 내었다.

"이거 수면제가 들어있구먼."

혼은 살짝 인상을 찌푸렸다. 보통 사람이라면 입을 대자마자 쓰러질 만큼의 농도였다. 죽지는 않을까 걱정하고 있었는데 입맛을 다시고만 있다니. 혼은 곧장 세버런스를 들어 쿠로에게로 가져다 대었다.

"가만히 있어라."

"혼인가? 어제 유천화가 다녀갔다고 하더군."

쿠로는 슬쩍 일어나 말했다.

"자리를 옮기지. 여기서 싸우면 자네도 나도 큰일이니까."

SSS급이 시험 관리인을 죽이려고 했다. 그렇다면 왜일까? 왜 시험 관리인을 무적의 SSS급이 죽이려고 했을까. 그것도 세 번째 시험을 앞두고.

만약 이곳에서 혼을 잡고 살아남는다 하더라도 이러한 의문은 대중들의 좋은 안주거리가 될 것이다. 몇몇 과격한 자들은 진실을 밝히라며 사람들을 선동해 거리로 나올 것이고, 귀족들은 그 책임을 쿠로에게 전부 물을 것이다.

게다가 만약 혼을 이기지 못할 경우, 쿠로 자신이 죽거나 혼을 제대로 끝장내지 못할 경우에는 사태가 더욱 심각해진다. 중앙도시에 잃을 것이 더 많은 것은 쿠로였기 때문에 이 사태를 조용하게 정리하고 싶을 뿐이었다.

혼의 입장에서는 상당히 의아한 상황이었다. 살아있는 생명체에 있어 언제나 최선의 고려사항은 자신의 목숨이다. 혼의 실력은 쿠로가 그 누구보다 잘 알고 있다고 봐도 과언이 아니었다. 쿠로 본인이 SSS급이라는 칭호를 준 사람이었으니까.

그렇다면 예측할 수 있는 수는 하나뿐이었다.

쿠로는 자신이 있다. 자신이 죽지 않을 것이라는 것을, 아니 정확히 말하자면 죽지 않을 확률이 더 높다고 생각하는 것이다.

죽지 않을 확률.

예상하고 어딘가에 병력이라도 배치를 해두었을까?

쿠로의 생각은 알 수가 없다. 하지만 혼에게 있어 밖으로 자리를 옮기자는 것은 절대로 나쁜 제안이 아니었다. 어차피 여기서 싸우면 시험에 차질이 생길 수도 있었고, 대화는커녕 사정 볼 것 없이 쿠로를 죽여야 할 수도 있다. 당연하게도 시험에 직접적인 관여를 할 방법도 사라지게 된다.

"좋아. 대신 잘 행동해라. 조금이라도 이상한 낌새가 보이면 목이 날아갈 테니."

"알았어. 알았다고."

쿠로는 천천히 일어나더니 걸어 나갔다. 어차피 쿠로가 난동을 피우기 시작하면 경비원이고 뭐고 다 상대해야 했기 때문에 혼은 순순히 그가 걸어가게 놔두었다. 쿠로는 여유롭게 경비원들에게 인사까지 건네며 밖으로 나왔다. 덕분에 혼도 아무런 의심을 받지 않고 자연스럽게 밖으로 나올 수 있었다.

쿠로는 멈추지 않고 도시 외곽으로 갔다. 1시간 정도를 빠르게 걷자 재개발을 위한 공터가 나왔다. 쿠로는 넓은 곳에 멈춰서더니 말했다.

"어떤가? 여기가 내가 새로 개발하고 있는 지역이라네."

"시험 관리기라는 것은 어디 있나?"

혼이 말하자 쿠로가 주머니를 뒤적거리더니 작은 원판을 하나 꺼냈다.

"이걸 말하는 건가?"

혼의 예상과는 달리 쿠로는 아주 자랑스럽게 시험 관리기를 꺼내 주었다. 쿠로는 피식 혼을 비웃고는 다시 원판을 주머니에 넣었다.

"너는 왜 스페이도 가문이 시험 관리자로 선정되었다고 생각하는가?"

혼은 대답하지 않았다. 하지만 이유는 알고 있었다. 아셀이 말한대로 스페이도 가문은 사람을 꿰뚫어볼 수 있는 능력을 가지고 있기 때문에 등급제를 만들고 또……

"원래부터 스페이도 가문이 관리를 했었나?"

혼은 미처 생각하고 있지 못한 부분을 질문했다.

등급제라는 것은 도박을 위해 스페이도 가문이 만든 것에 불과했다. 즉 등급제가 없었던, 도박이 없었던 과거에는 누가 시험을 관리했다는 말인가. 그때부터 스페이도 가문이 관리를 했었다면 다른 이유가 있지 않을까.

"과거 중앙도시는 그냥 도시였다. 충인들의 도시. 아주 평화로웠지. 어느 날, 환한 섬광과 함께 하늘에서 신이 내려와 시험이라는 것을 우리에게 전해줬다. 동시에 지구인이라는 너희 플레이어들이 넘어오기 시작했지."

쿠로는 어깨를 으쓱하며 말을 이어갔다.

"뭐 이건 신화니까 별로 중요하게 생각하지는 마. 시험에 대해서 우리는 아는 게 많지 않으니까. 원래부터 있던 것. 그 정도 밖에는 말이야. 어쨌든 그 신은 스페이도 가문에게 시험 관리를 맡겼다. 거기에는 이유가 있지."

"시험은 벌써 만들었나?"

혼은 긴장했다. 설마 시험 관리기는 스페이도 가문만 쓸 수 있는 것은 아닐까. 만약 그렇다면 이미 만들어놓은 시험을 어떻게 할 수는 없었다.

"하하하, 말을 끊지는 말라고. 뭐 시험은 만들어있지 않다."

"그건 다행이군."

만약 스페이도 가문만이 시험을 관리할 수 있다면 어린애 하나 협박해서 데리고 와 만들어버리면 되는 것이다. 혼은 안심하고 쿠로의 말을 들었다.

"그래서, 이유가 뭐지?"

"그건 말이야."

쿠로는 씩 웃더니 손을 앞으로 내밀었다.

"우리 스페이도 가문이 충인들 중 가장 강하기 때문이지."

말이 끝나기가 무섭게 쿠로의 팔이 검은 색으로 변하더니 길게 뿜어져 나왔다. 그는 사악하는 미소를 지으며 말을 이어갔다.

"플레이어는 아무리 발버둥 쳐도 이길 수 없는 힘!"

쿠로의 턱이 검게 변하더니 앞으로 툭 튀어나왔다. 이윽고 동공이 눈 밖으로 튀어나올 듯이 커지며 붉은 색으로 바뀌었다. 흉포한 앞 이빨이 아랫입술 밖으로 튀어나왔고 초록색 점액이 흘러나왔다. 조금의 시간이 지나자 그것은 완전한 모습을 드러냈다.

"역시 거미였네."

8개의 다리와 공처럼 둥그렇고 큰 몸. 멀리 있음에도

몸이 간지러울 정도로 수북한 털이 역겹게 솟아나 있었다.

"안심해라 죽이진 않을 테니."

스타를 시험이 아닌 다른 곳에서 죽일 수는 없었다. 이참에 다리라도 잘라 놓으면 꽤나 괜찮은 시험이 될 수도 있다. 불의의 사고를 당해 다리를 잃어버린 혼을 지키기 위해 분전하는 유천화. 이것도 그림이 괜찮으니까. 원래라면 플레이어를 관리자가 공격할 경우 신의 천벌이 떨어졌었다. 번개가 갑자기 떨어진다던가, 심장마비로 죽어버린다던가. 하지만 만약 플레이어가 먼저 관리자를 공격할 경우에는 예외였다.

"자 어떻게 할 건가?"

쿠로가 마치 가래가 낀 듯한 쉰 목소리로 말했다. 이대로 혼이 물러나는 것이 더 안 좋은 상황이었다. 다시 골머리를 앓아야 하니까. 혼은 세버런스를 꺼내며 말했다.

"그러니까, 관리기를 너희가 가지고 있는 건 관리기를 잘 지킬 수 있기 때문이라는 거 아니야?"

"똑똑하군."

쿠로가 긍정하자 혼은 미소를 지었다.

"그럼 죽여도 되겠네."

"끌끌끌, 잘 생각했다."

혼은 바로 신속을 사용해 쿠로를 공격했다. 쿠로는 6개의 다리로 지탱하며 앞다리를 들어 혼을 쳐냈다. 혼은 생각보다 빠른 쿠로의 움직임에 미처 대응하지 못하고 멀리 날아갔다.

"자, 시작이군."

쿠로는 혼이 먼저 공격하기를 기다리고 있었을 뿐이었다. 완벽한 정당방위의 기준이 어디인지는 모르기 때문에 확실할 필요가 있었다.

"아, 빠르네. 덩치는 커가지고."

혼은 머리를 쓰다듬으며 일어났다. 덩치가 크면 느리다, 그건 어쩔 수 없다. 바깥 트랙으로 도는 것이 안쪽 트랙으로 도는 것보다 빠를 수는 없기 때문이다. 단순하게 쿠로가 엄청나게 빠른 것뿐이었다.

'보통 플레이어라면 절대 이기지 못하긴 하겠네.'

아무리 신체를 단련해도 신체능력만으로 쿠로보다 빨라지기는 쉽지 않을 것 같았다. 그렇다면 신속을 사용하는 수밖에 없다. 속도는 곧 질량이고 질량은 곧 파괴력으로 이어진다. 혼은 양다리에 힘을 넣고 앞으로 한걸음을 내딛었다.

신속.

혼은 일직선으로 쿠로를 향해 달려갔다. 그와 동시에 쿠로가 입에서 초록 점액을 뱉어냈다. 혼은 본능적으로 몸을 틀어 피했다. 초록 점액이 땅을 때리자 치이익! 하는 소리와 함께 땅이 움푹 파였다.

'산성 액.'

혼은 땅을 힐끗 보고는 살짝 미간을 찌푸렸다. 저건 좀 위험하다. 손이나 다리에 맞아도 바로 불구가 되는 것이다. 몸이 무기인 미궁에서 불구가 된다는 뜻은 죽는 것이나 다름이 없었다.

혼이 잠깐 멈춘 사이 쿠로는 몸통에서 실을 뿜어냈다. 거미집이라도 짓는가 보았더니 그런 건 아니었나보다. 실은 짓고 있던 건물을 박살냈다.

"저거 채찍이었어?"

실은 바로 혼으로 향해 날아왔다. 마치 근육이라도 달린 것처럼 기이하게 꺾여오는 실을 혼은 신속을 사용해 요리조리 피했다. 하지만 방어 또한 견고해 공격은 할 수가 없다.

'이대로라면 시간문제인데……"

혼은 움직이면서 이 상황을 타파할 궁리를 했다. 하지만 마땅히 떠오르는 것이 없다. 그냥 도망친다는 선택지가 남아있기는 하지만 어디까지나 최악의 경우일 뿐이다.

'이럴 때 수호설이라도 있었으면.'

천화가 보호막을 쳐주면 채찍정도는 무시하면서 공격을 할 수 있다. 산성 액이야 불안하니 그렇다 치더라도 이

채찍만 어떻게 할 수만 있다면 이길 수 있을 거 같았다.

그 순간 채찍이 혼의 다리를 후려쳤다.

"다른 생각을 하면 안 돼지!"

혼은 공중에서 두 바퀴 정도 돌고 땅으로 떨어졌다. 쿠로는 여섯 개의 발을 징그럽게 흔들며 혼에게 다가왔다.

거리가 좁혀졌다. 고작 30m의 거리. 0.01초의 시간만 있다면 세버런스로 저 몸을 뚫어버릴 수 있다. 동그랗고 거대한 저 몸 안에 뭐가 있는지는 모르겠으나 이대로 가만히 있으면 인생 처음으로 패배와 함께 인생이 끝날 수도 있었다.

신속. 마하 1.

혼은 다리에 힘을 주고 앞으로 튀어나갔다.

하지만 그 순간 채찍이 혼의 등을 후려쳤다.

"이런, 이런 안 돼지. 신속을 사용할 수는 없지."

쿠로는 컥컥거리며 웃었다.

"신속의 약점은 시작할 때 살짝 시간이 필요하다는 거야."

그 말 그대로다. 이미 혼도 알고 있던 사실이었다. 신속을 사용하기 위해서는 다리에 힘을 넣어 그 힘을 폭발시켜야 했다. 하지만 그 순간 제압이 된다면 신속을 발동하지도 못하는 상황이 올 수 있었다. 쿠로는 거미줄로 혼을 묶은 뒤 말했다.

"자, 그럼 플레이어를 죽일 수는 없으니 다리를 가져가 도록 할까? 신속이 아깝겠군."

쿠로는 산성 액을 장전했다. 혼은 급히 움직였으나 이 미 쿠로의 입에서는 산성 액이 발사된 뒤였다.

"제길!"

혼은 두 눈을 똑바로 뜨고 있었다. 비록 조금 밖에 움직 일 수는 없지만 피할 수 있다면 피해야만 했다.

혼은 산성 액을 뚫어져라 노려봤다. 쿠로의 입에서 튀 어나온 산성 액은 어느 시점에 멈추더니 마치 벽에 맞은 것처럼 뭉개졌다. 혼은 반사적으로 주위를 보았다. 저 멀 러서 수호설을 들고 가슴을 부여잡고 있는 천화가 보였 다.

"뭐해요! 안 일어나고!"

천화가 외치고 있었다. 안 그래도 혼은 이미 버둥거리 며 손을 뺀 뒤 세버런스로 거미줄을 잘라냈다.

"유천화? 저게 어떻게 여기에……."

천화의 얼굴에서 김이 나고 있었다. 산성 액을 막긴 막 았으나 특수한 공격은 정신이 아닌 신체에도 영향을 미치 는 듯싶었다. 허나 천화의 능력은 초재생. 조금 아픈 것을 재외하면 상관이 없었다. 아니, 조금은 아니었지만.

혼은 곧장 신속을 사용했다. 쿠로에게 수호설에 감싸져 있는 혼을 방해할 수 있는 방법은 없었다,

혼은 충분히 각을 잰 뒤 마하의 속도로 쿠로의 턱을 뚫었다. 쿠로의 머리가 박살이 나면서 혼이 공중으로 높게 떠올랐다. 쿠로의 몸은 그대로 축 늘어져 쓰러졌고 혼은 착지해 천화를 바라봤다.

"타이밍 좋네."

"혼자 처리하겠더니 뭔 꼴이에요?"

천화는 머리가 아픈지 살짝 비틀거리다 중심을 잡았다.

"아, 이거 머리 너무 아프네."

산성 액의 충격이 정신과 육체로 온 것이다. 거기다가 채찍도 몇 대 맞았으니까.

혼은 쿠로의 시체를 바라보고 있었다. 거미화가 된 그대로라 크기가 어마어마했다. 이런 건 숨길 수도 없고, 숨겨도 금방 들킨다. 혼은 깔끔하게 숨기는 것을 포기하고 원판을 찾았다.

"찾았다."

혼은 원판을 꺼내들고 먼지를 털어냈다. 거미의 피가 잔뜩 묻어 있어 흙모래가 잘 털어지지 않았다. 천화는 도끼눈을 뜨고 혼을 쳐다봤다.

"잠깐, 잠깐. 또 물건이 먼저에요?"

"아니, 이거 때문에 싸운 거니까."

"네, 그랬죠."

천화는 머리를 긁적이다가 한쪽 무릎을 꿇고 앉아있는 혼에게 손을 내밀었다.

"찾았으면 가죠."

"그래, 가자."

혼은 벌떡 일어나 천화를 뒤에 두고 원판만을 바라보며 걸어갔다. 이것의 사용법을 빨리 알아내는 것이 급선무였다.

짝!

등에 화끈한 감각이 전해졌다. 혼이 화들짝 놀라 돌아보자 천화가 뾰루퉁한 얼굴로 서 있다.

"왜 그래?"

"사용법이나 알아내세요. 그냥 등짝이 아주 넓고 예뻐서 때려봤어요."

천화는 그렇게 말하고 먼저 앞으로 걸어 나갔다. 혼은 진지하게 천화의 등을 때려줄까 고민했다.

'쓸데없는 짓은 하지 말자.'

혼은 그렇게 고개를 절래 흔들며 원판을 바라봤다.

❖

"지, 진짜 관리기!"

아셀이 믿을 수 없다는 듯이 원판을 이리저리 보고 있

었다. 역시 아셀에게서 얻을 수 있는 정보는 없었다. 혼은 아셀에게서 원판을 가져갔다. 두께가 팔뚝 정도는 되는 것 같았고 버튼같은 것도 하나 없어 어떻게 조작해야 할지 감이 오지 않았다.

"여기 파인 곳 손 넣는 곳 같지 않아요?"

아셀이 작은 구멍을 가리키며 말했다. 혼과 천화는 설명을 요구하듯 아셀을 쳐다봤다. 아셀은 두 사람의 반응을 이해하지 못 한 채 고개를 갸웃거리다 뭔가를 깨달았다는 듯 주먹으로 손을 내려쳤다.

"아~ 지구인들은 변태를 못하죠?":

"아니, 변태가 있긴 있지."

혼은 시답잖은 농담을 한 뒤에 원판을 아셀에게 넘겼다. 아셀은 잘 보라는 듯이 의기양양하게 손을 들었다. 아셀의 손은 마치 파리의 것처럼 아주 얇게 변했다.

"저희는 각자의 변태 모습을 가지고 있거든요."

"오, 그 손이라는 거구만."

관리기는 충인들만 쓸 수 있는 것이었다. 모든 곤충들의 손은 얇고 길었다. 그렇기 때문에 구멍 안에 있는 관리기의 시작 버튼을 누를 수 있었다. 생체신호로 작동하는 것이었기 때문에 인간은 뭔 짓을 해도 관리기를 작동시킬 수 없었다.

"안에 버튼이 있네요."

"눌러봐."

"잠시 만요."

아셀은 버튼을 눌렀다.

원판이 빛을 뿜어냄과 동시에 아셀의 눈이 뒤집어졌다. 원판은 계속해서 빛을 냈고 아셀은 움직이지 않았다. 혼은 어떻게 해야 할지를 모르고 가만히 앉아만 있었다. 천화는 화들짝 놀라 혼의 팔을 잡으며 말했다.

"어, 어떻게 해야 하는 거 아니에요?"

"아니, 어떻게 뭘 해? 괜히 건드렸다 잘못되면 큰일이야."

아셀이 잘못되면 충인들 중 믿고 관리기를 맡길 사람이 없다. 죽이 되던 밥이 되던 아셀이 관리기를 사용해야만 했다. 다행히 빛은 점차 사라졌고, 아셀도 숨을 헐떡이며 정상 상태로 돌아왔다.

"어, 어떻게 된 거야?"

"가, 갑자기 다른 세계로 넘어가서 창조를 하라고 해서……."

아셀은 고개를 들어 혼을 쳐다봤다.

"그래서 뭘 창조했는데?"

"그, 그냥 저장되어 있던 거 불러왔어요."

"그게 뭐야?"

"저, 저번에 한 3번째 시험 불러왔는데요."

관리기로 시험을 만드는 방법은 간단했다. 자신이 신이 되어 창조를 하는 것이었다. 그 세계의 룰과 살아있는 생명체를 창조하는 것이었다. 처음 신이 되어본 아셀은 당황하다가 예전에 만들어놓은 세 번째 시험을 가져온 것이다.

"그래서 그 시험은 뭔데?"

어차피 정상적인 시험이면 되는 것이다. 아셀은 잠시 기억을 더듬었다.

"그게 아마 심판의 눈이었을 거예요."

"심판의 눈?"

"네, 실력도 실력이지만 운이 좋아서 통과한 사람들을 걸러내는 시험이에요."

심판의 눈이란 단순하게 보면 세 번째 시험까지 살아남은 플레이어가 다음 미궁으로 진입할 수 있는가 없는가를 판단하는 아주 간단한 시험이었다. 하지만 운이나 전략이 개입할 여지가 없어 급이 높은 플레이어의 배당은 낮고, 그 반대는 매우 높았다. 그렇지만 급이 낮은 플레이어들 중에서도 몇 명은 꼭 통과를 해서 도박꾼들에게는 가장 인기가 좋은 시험이었다.

"좋은 시험이네."

"절대 아니에요."

아셀이 고개를 절래 흔들었다.

"심판의 눈을 겪은 플레이어들은 대부분 정신적 데미지를 입어요. 심판의 눈이 과거부터 현재까지 모든 것을 순식간에 훑어보고 다시 경험을 시켜주기 때문이죠. 사람들은 잊고 싶은 것을 잊고 살기 때문에 맨 정신일 수 있는 거라는 말도 있잖아요. 단 한번이라도 모든 감정이 몰려온다면 정신이 버티지 못해요."

"다시 참가한 놈들이 많았잖아. 걔들도 심판의 눈을 했을 거 아니야."

"이번과는 다르게 저번 시험은 꼭 죽어야만 탈락이 아니었거든요. 이번 시험들이 좀 극단적이었죠."

천화는 괜히 죽은 사람들에게 미안해졌다. 시험이 극단적이게 된 이유 중 하나가 자신이었기 때문이다.

"뭐, 어쩔 수 없지. 그럼 다음 미궁으로 가볼까?"

혼은 관리기를 아셀의 손에서 뺐었다. 이건 다시 쿠로의 시체에 가져다 놓을 필요가 있었다. 쿠로가 죽은 사실은 그가 시험 관리인인 이상 언제 발견이 되던 발견이 될 수밖에 없는 것이었다.

혼은 나갔다 온다며 검은 옷을 입었다.

"저기 혼자 가도 괜찮겠어요?"

혼은 천화의 물음에 대답도 하지 않고 밖으로 나갔다. 다행히 이번에는 5분도 걸리지 않아 돌아왔다.

다음 날.

날이 밝기가 무섭게 신문에서는 쿠로의 죽음에 대해 다루고 있었다. 같은 스페이도나 스페이도 가문에 버금가는 강함을 가진 몇몇 귀족들이 용의선상에 올랐다. 설마 스페이도 가문의 수장을 플레이어가 죽인 것이라고는 아무도 생각하지 않는 듯싶었다.

혼과 천화는 소란을 멀리서 지켜보고 있었다. 감이 좋은 대중들은 혼이 수연과 서연을 죽이게 만든 쿠로에게 화가 나서 살인을 했다고 수군거리기도 했지만 증거가 없어 제대로 된 수사는 들어오지 않았다. 뭐 결과만 맞고 이유는 틀렸지만.

가장 큰 용의자는 단연 퓨리였다. 마지막으로 쿠로와 함께 사라졌고, 지금도 모습을 드러내지 않고 있었다. 혼이 노린 시나리오대로 흘러가고 있는 것이었다.

"새로운 스페이도가 시험 관리사로 임시 임명되었다고 하나 봐요. 쿠로님의 동생이라는데."

"시험은?"

"쿠로님이 이미 해놓은 걸로 하기로 했다고 들었어요."

그렇다면 세 번째 시험은 심판의 눈으로 결정이다. 나머지는 시험 때까지 기다리기만 하면 되는 것이었다.

혼은 편안하게 시험 당일까지 기다렸다. 세 번째 시험은 연기되는 일 없이 원래 예정되어 있던 날짜에 열렸다. 쿠로의 동생이라는 사람이 말을 더듬으며 시작을 알렸고 역시나 공간이 뒤틀렸다.

거대한 석상이 혼과 천화의 앞에 나타났다. 얇은 원기둥에는 손과 다리가 그려져 있어 묘한 사람의 형태를 하고 있었지만 얼굴 부분에는 오직 눈이 하나 그려져 있었다. 석상의 아랫부분으로는 한 사람이 설 수 있을 정도의 마법진이 그려져 있었다.

-호명하는 사람 한 명씩 마법진 위에 서 주시기 바랍니다.-

혼과 천화는 처음이 아니었다. 일단 마법진 위에서 어떤 일이 벌어지는 지를 볼 수 있다는 것만으로도 좋은 상황이었다. 호명 받은 남자가 마법진 위에 올라가고 석상의 눈에 불이 들어왔다.

마법진에서 빛의 기둥이 솟아올랐다. 혼과 천화는 눈을 가렸다. 다시 눈을 떴을 때는 마법진에 있던 사람이 사라진 상태였다.

"뭐야? 통과 한거야?"

"결과가 안 나오는데요."

이윽고 다른 사람의 이름이 불렸고, 같은 일이 벌어졌다. 마법진에 들어가지 않고서 얻을 수 있는 정보는 전무했다.

이윽고 시간이 지나 천화의 이름이 호명되었다. 천화는 마법진으로 걸어 나가며 말했다.

"저쪽에서 만나죠."

"그래, 거기서 보자."

천화가 마법진 안으로 들어갔을 때 어떠한 생각이 순간 혼의 머리를 때렸다. 이 시험에서 통과하면 도대체 어디로 보내지는 것일까. 반대편 미로 아무 곳이나 임의로 보내진다면 천화와 다시는 만나지 못할 확률도 계산해야 했다. 혼은 그 순간 천화에게 외쳤다.

"떨어지면 중앙도시에서 가장 가까운 안전지대로 와라!"

천화는 혼의 말에 고개를 돌렸다. 하지만 그녀가 대답하기도 전에 빛이 그녀를 집어 삼켰다.

'절대기억이니까. 들었으면 기억해내겠지.'

혼은 그렇게 걱정을 떨쳐버리고는 땅에 털썩 앉았다.

마법진 안으로 들어온 천화는 마치 우주에 떠 있는 기분을 느꼈다. 사방이 어두웠고 온 몸의 힘이 빠져나가는 기분이었다. 그 순간 앞에 빛의 눈이 나타나며 천화에게 말을 걸었다.

"지금부터 너의 일생을 보겠다."

천화는 쓸쓸한 미소를 지었다.

"항상 돌아보고 있는데……."

눈이 사라지면서 수많은 장면의 파편들이 천화의 옆으로 지나갔다. 이윽고 천화의 정신은 어디론가 날아갔다.

눈을 뜬 순간은 처음으로 빛을 본 그 시간이었다. 고통의 땀에 젖었지만 미소를 짓고 있는 어머니가 보였다.

시간은 마치 총알처럼 날아갔다. 천화는 순식간에 산부인과에 나왔고 걷기 시작하고, 말하기 시작하고, 유치원에 입학했다. 19년의 인생이 마치 30초 만에, 아주 디테일하고, 빠짐없이 지나갔다.

기쁨의 감정과 슬픔의 감정이 한 번에 몰려왔다. 어머니가 돌아가시던 날, 아빠가 죽고 혼자 남겨진 날, 자신의 사람들이 무참하게 죽던 날까지. 그 모든 감정은 마치 핵폭탄처럼 천화의 안에서 터졌다.

다시 천화의 정신은 어둠으로 돌아와 있었다.

눈은 천화를 바라봤다.

"자격이 충분하다. 지나가도록 해라."

천화는 씁쓸한 미소를 지었다.

"그러죠."

감정의 폭풍을 지나왔음에도 천화는 아무런 변화가 없었다. 그것은 절대기억의 저주 때문이었다.

사람은 잊기 때문에 제 정신으로 살아갈 수 있다. 천화는 잊을 수가 없었다. 아직도 밤에 눈을 감으면 한국에서 있었던 일부터 혼을 만나 여행을 하던 날까지 전부 생생하게 기억났다.

아빠가 죽던 날을 생각하면 그 감정이 고스란히 전해져

왔고, 마을 사람들이 죽던 때 자신이 어떤 생각을 했었는지도 다 기억하고 있었다.

천화는 항상 기억의 공격을 받고 있다. 하지만 그것을 저주라고 그녀는 생각하지 않았다. 천화는 슬픈 미소를 지으며 말했다.

"고마워요. 다시 한 번 어머니를 만나게 해줘서. 아빠와 여행을 시켜줘서."

눈은 잠시 가만히 천화를 쳐다봤다. 그리고는 조용히 사라졌다.

천화의 시험이 끝이 나고 혼의 시험이 찾아왔다. 혼도 한 천화와 마찬가지로 어둠의 공간에 떠 있었다. 눈은 같은 방식으로 혼의 인생을 돌아보았다.

혼은 궁금증을 풀수 있었다.

갓난아기로 태어난 그는 부모님의 사랑을 받으며 자랐다. 하지만 4살이 되던 해, 검사였던 아버지가 죽고 어머니까지 살해당했다. 어린 혼은 그 광경을 눈앞에서 목격하고 기억을 잃어버렸다.

그런 그가 끌려 간 곳은 킬러 양성소. 여기서부터는 혼이 기억하고 있는 것이었다. 혼은 100명이 들어가면 1명만 살아온다는 지옥훈련을 통해 킬러가 되었다. 그리고 그는 킬러로서 명성을 떨치며 모든 의뢰를 독점했다.

미궁에 오게 된 계기는 배신이었다. 잘 알고 있던 킬러

선배가 뒤에서 칼을 꽂았고, 총을 여러 번 맞고 한강으로 낙하. 그 뒤 미궁으로 오게 된 것이다.

혼은 다시 어둠의 세계로 돌아왔다. 눈은 그를 쳐다보다 말했다.

"자격이 충분하다. 지나가도록 해라."

"이봐."

혼은 눈에게 미소를 지으며 말했다.

"인생을 두 번 살게 해줘서 고맙다. 경험은 중요하니까."

눈은 조용히 사라졌다.

감정의 폭풍은 아직도 혼의 심장을 터트리기 위해 소용돌이 치고 있었다. 하지만 혼의 얼굴에는 여유라는 감정 외에는 보이지 않았다. 그는 감정을 봉인했다. 언제 터질지 모르는 시한폭탄과도 같은 것이지만 혼이 만든 결계는 너무나도 탄탄해 감정이 비집고 나오지 못했다.

혼은 눈이 사라지자 흉악하게 인상을 쓰며 중얼거렸다.

"쓸데없는 것까지 보여주고 말이야. 짜증나는 시험이군."

혼은 자신에게는 부모가 없다고 생각하고 있었다. 그것은 킬러로서 좋은 장점이 되었다. 부모 자식관계의 애틋함을 모르는 그는 살인을 할 때 쓸데없는 생각을 하지 않아도 좋았다. 대부분의 사람들은 처자식이 있다며 매달렸지만 혼에게는 먼 나라 이야기였으니까.

그런 혼에게 4년 어치의 사랑이 들어온 것이다. 부모의 헌신적인 사랑과 그들의 감정을 느꼈다.

혼은 복잡해진 머리를 흔들며 사라졌다.

NEO MODERN FANTASY STORY & ADVANTURE

메이즈
헌터

4

Maze Hunter
4

혼이 눈을 떴을 때, 그곳에는 벽이 있었다.

익숙한 미궁의 벽에 혼은 안도의 한숨을 쉬었다. 하지만 확실하게 하기 위해서는 지도를 꺼내 볼 필요가 있었다. 지도에는 최초의 미궁 왼편에 위치한 점이 반짝이고 있었다. 다행이도 천화와 만나기로 한 중앙도시에서 가장 가까운 안전지대와 근접한 곳이었다.

혼은 먼지를 털고 일어났다. 지도를 봐도 지금의 미궁 형태를 알 수 있는 길이 없으니 일단 안전지대 쪽으로 걸어갈 뿐이었다.

미궁의 왼편, 시험을 봐서 넘어온 이곳과 그 전 미궁의 다른 점은 확실하게 피부로 와 닿았다.

가장 먼저 시체가 많지 않았다. 실력이 없으면 들어오지도 못하는 곳이었기 때문에 단순한 괴수나 괴인에게 당하는 자는 많지 않았다.

하지만 사람들끼리 싸운 흔적은 훨씬 많았다. 그것을 구분하는 방법은 쉬웠다. 괴인이나 괴수들은 창고에서 튀어나온 물건을 가져가지 않지만 사람들은 가져가기 때문이다. 혼은 시체가 없는 곳을 골라 야영을 할 준비를 했다.

"내비게이션 없으니까 아주 힘들구먼."

천화는 아마 훨씬 빠르게 안전지대에 도착할 것이다. 안전지대가 말만 안전하지 전쟁터나 다름이 없었기 때문에 혼도 서둘러 도착해야만 했다. 천화의 능력은 믿을 수 있었지만 그녀의 사상은 생존에 전혀 도움이 되지 않는다.

혼은 텐트를 꺼내고 안으로 들어가 누웠다. 날이 밝는 대로 다시 걸어야했기 때문에 빨리 잠들 생각이었다. 그런데 눕고 나서 얼마 되지 않아 발소리가 들렸다. 발소리는 혼의 텐트 앞에서 멈췄다.

"잠시만 실례하겠다. 안에 누구 있는가?"

혼은 슬쩍 텐트를 걷으며 밖을 쳐다봤다. 그곳에는 4명의 남자들이 서 있었다. 단발머리 남자를 필두로 갈색 머리 백인 세 명에 흑인이 하나 끼어 있었다.

남자들은 딱히 적의를 보이고 있지 않았다. 하지만 혼은 세버런스를 손에 쥐고 밖으로 나왔다. 남자들은 혼이 단검을 들고 있는 것을 보고도 당황하지 않고 말했다.

"이제 막 넘어왔나?"

키 큰 단발의 남자가 물었다. 혼은 고개를 끄덕였다.

"뭐, 그렇지."

굳이 거짓말을 할 필요는 없었다. 남자들은 만족한 듯 고개를 끄덕이더니 말했다.

"어떤가, 우리와 함께 가겠는가?"

다짜고짜 동료가 되어달라고 하는 것이다. 미궁이라는 곳은 서로가 서로의 뒤통수를 치는 것이 일상인 곳이었다. 그런 상황에서 처음 보는 사람에게 동료가 되어달라고 하다니. 혼은 무덤덤하게 물었다.

"날 어떻게 믿고?"

"하하하, 여기는 저쪽과는 다르니."

장발의 남자가 소리 내어 웃었다. 그는 혼을 위해 설명을 덧붙였다.

"이쪽의 미로에 있는 사람들은 전부 시험을 치루고 넘어온 자들뿐이라고. 뭘 믿느냐고? 너의 실력을 믿지. 적어도 이쪽 미로에는 기생충들이 없다는 거야."

그 말에도 일리가 있었다. 시험을 통과할 정도라면 실력은 이미 보장되어 있다고 봐도 좋았다. 실력이 있다는 뜻은 작은 점수에 일희일비 할 필요가 없다는 뜻이었다. 하루에 기본으로 30점 이상을 버는 사람들이 100점, 200점에 눈이 뒤집혀 같은 팀의 등 뒤를 찌를 리는 거의 없었다.

"게다가 이 반대편의 미로는 굉장히 강한 괴수들이 많아. 당신도 혼자서는 힘들 텐데."

"팀원으로 오라는 이유는?"

"간단해. 여기 앞에 안전지대를 우리의 베이스캠프로 삼을 생각이거든. 병력은 많을수록 좋지."

단발머리의 남자는 자신만만하게 말했다. 자신감으로 보아 저 네 사람 모두 나름 강력한 무력을 가지고 있는 것 같았다. 혼은 굳이 생각할 필요가 없었다. 이들이 가려는 안전지대는 어차피 천화와 만나기로 했던 그곳이었다. 이들에게는 적의가 보이지 않았고, 팀원이 되면 서로 이득이었기 때문에 혼은 승낙하기로 했다.

"좋아. 근데 이 밤에도 이동하나? 난 좀 자고 싶은데. 오늘 시험에서 통과하고 떨어졌거든."

"아, 완전 오늘 통과한건가?"

단발 머리의 남자는 살짝 실망한 듯싶었다. 시험에서 갓 통과한 사람들의 각성정도는 평균적으로 신체 2단계, 무기 2단계, 그리고 잘하면 오러 1단계 정도였다. 비로 2단계와 1단계는 천지차이였기 때문에 단발머리는 혼이 도움이 안 될 것이라 생각했다.

'그래도 방패막이 하나 있는 게 어디야.'

단발머리는 그렇게 생각하며 미소를 지었다.

"좋아, 그럼 우리도 좀 쉬도록 하지. 내 이름은 힌켈이
네."

"혼."

혼은 가볍게 이름을 말하고 텐트 안으로 들어갔다. 힌
켈을 비롯한 세 남자는 각자의 텐트를 피고 들어갔다.

다음 날, 혼은 아직 해가 떠오르기도 전에 일어나 근력
운동을 했다. 한계가 없어진 이상 매일 같이 강도 높은 트
레이닝을 해야만 뒤처지지 않는다. 혼은 킬러 훈련을 받
을 때보다 훨씬 더 힘든 운동으로 매일을 시작했다.

7시가 좀 넘자 힌켈 일행이 일어났다. 각자 아침밥을
먹은 다섯 남자는 모여서 자기 소개를 시작했다.

"일단 나부터 하도록 하지."

힌켈이 일어나며 말했다.

"나는 네덜란드 출신이고 힌켈이라고 불러주길 바란
다. 일단은 이 그룹의 리더를 맡고 있지. 잘 부탁한다."

힌켈이 앉자 다른 백인이 일어났다. 키가 작고 머리가
짧아 마치 중학교에 갓 입학한 어린아이를 연상케 했지만
안경 뒤에 숨어있는 깊고 맑은 눈은 그가 많은 것을 배운
사람이라는 것을 알려줬다.

"내 이름은 벤 클리포드. 나이는 25살. 잘 부탁하지."

벤은 자리에 앉았다. 힌켈은 혼에게 귓속말로 말했다.

"하버드 출신이야. 미국에서 왔지."

"완전 엘리트군."

벤이 앉자마자 흑인이 일어났다. 그는 키가 매우 컸으며 빼빼 말라 매우 민첩해보였다. 거기에 매우 대조되는 아프로 머리가 마치 졸라맨을 연상케 했다.

"내 이름은 칼. 칼 루이스의 그 칼이다. 이 팀에서 가장 빠르지. 하하하!"

그리고 마지막으로 커다란 검을 껴안고 가만히 앉아있던 늙은 백발의 백인이 말했다.

"에드워드다."

"어이, 할아범. 친근하게 하자고. 친근하게. 얼마나 같이 다닐지 모르잖아?"

흑인 칼이 에드워드에게 장난치듯 말했다. 하지만 에드워드는 반응도 하지 않았다. 힌켈은 자리를 정리하듯 일어나며 말했다.

"그럼 출발해볼까?"

혼은 가장 뒤에서 일행을 따라갔다. 칼은 쉴 새 없이 떠들었고 그 옆의 에드워드와 벤은 대꾸를 하지 않고 있었다. 그러자 당연하게도 칼의 시선이 혼에게로 옮겨갔다. 조용히 가고 싶었던 혼은 시선을 피했으나 칼은 이미 옆으로 와 있었다.

"혼이라고 했나? 이름 겁나 특이하네. 어느 나라 사람이야."

"이름이 아니다"

"뭐 그럼 가명이야? 졸라 멋있구먼."

혼은 대답하지 않았다. 구구절절 설명하는 것보다 그냥 착각하게 놔두는 편이 나았다. 칼은 대답을 기다리다가 다시 입을 열었다.

"저기, 저기 에드워드 아저씨 검 보이냐? 저거 군주기라더라. 와~ 나도 저런 거 하나 가지고 싶은데 말이야. 졸라 멋지지 않냐?"

"군주기라. 능력은?"

"몰라, 그냥 다 베어버리던데? 나도 들어온 지 얼마 안 돼서."

칼은 어깨를 으쓱하며 말했다. 한참을 걷던 힌켈은 손을 들어 일행을 멈췄다. 앞에 괴수가 나타났다는 뜻이었다.

혼의 시야에 머리가 두 개 달린 개 한 마리가 보였다. 붉은 머리와 초록색의 머리를 달고 있는 아프리카코끼리만한 괴수였다.

"벤! 저 괴수 몇 점짜리야?"

"쌍두광견. 점수 500점."

500점짜리라면 일반 괴수들 치고는 엄청난 점수였다. 지금까지 혼이 잡아왔던 괴수들은 아무리 점수가 높아도 150점 정도였다. 비록 오버로드 보다는 훨씬 낮았지만 애초에 오버로드를 잡은 것은 운이 좋았다고도 볼 수 있었다. 상당히 큰 혈석이 가슴에 박혀 있는 녀석이었으니까.

"제길! 사방으로 퍼져!"

힌켈이 외쳤다. 쌍두광견의 두 입에 붉은 기운과 초록 기운이 모이고 있었다. 칼과 혼은 오른쪽으로 나머지 사람들은 왼쪽으로 피했다. 그와 동시에 산성숨결과 화염숨결이 혼 일행이 있던 곳을 지나갔다.

"아따 저거 맞으면 엄청나게 따뜻해지겠네."

칼이 호들갑을 떨며 일어났다. 혼은 세버런스를 움켜쥐고 쌍두광견을 공격할 채비를 했다.

'제기랄.'

전부터 꽤 큰 괴수들이 많이 나오고 있었다. 인간형과 싸울 때는 세버런스만으로도 충분했지만 이런 괴수들을 상대할 때는 좀 더 큰 무기가 필요했다. 지금까지야 세버런스의 강도를 이용한 돌파력으로 승부를 봤지만 몸이 단단한 괴수한테 마하의 속도로 달려들었다가는 계란처럼 터져버릴 수 있었다.

혼은 가만히 생각하다가 긴장하고 있던 근육을 풀었다.

생각해보니 자신이 싸울 필요는 없었다. 여기 있는 모

두가 어느 정도 각성을 마친 사람들이었다. 반대편의 미궁이었기 때문에 퍼스트 마스터도 상당수 있을 가능성이 있었다. 게다가 아직 같은 팀이 된 이들이 힘을 보지 못했다.

"이봐 칼, 너희 팀은 어떻게 싸우지?"

"뭘 어떻게 싸워? 그거야 그냥."

"하아압!"

칼의 말이 끝나기도 전에 에드워드가 대검을 뽑은 채 쌍두광견을 향해 달려들고 있었다. 쌍두광견은 입을 벌리고 포효하며 그를 위협했지만 에드워드는 속도를 늦추지 않았다.

"울어라! 폐왕(廢王)이여!"

구오오오오.

바람이 기이하게 울었다. 에드워드는 점프를 뛰며 검으로 쌍두광견의 머리를 베었다. 쌍두광견의 머리 중 붉은 쪽이 떨어졌다. 남은 광견의 머리가 포효를 하며 공중에서 떨어지고 있는 에드워드를 공격했지만 그 순간 힌켈과 벤이 오러로 광견의 머리를 무차별 폭격했다.

"좋아! 할아범! 꽤 하잖아!"

칼이 신나서 외쳤다.

"자! 이제 내 차례군."

칼은 몸을 풀더니 앞으로 걸어 나갔다. 그리고는 오지랖을 부려 혼에게 말했다.

"너도 밥값하고 싶으면 다음부터는 좀 싸우라고."

칼은 혼이 신속을 사용할 때와 같은 모션을 취했다. 그리고는 바람처럼 달려나가 어느새 괴수의 턱을 무릎으로 올려쳤다. 마하에는 미치지 못하는 속도였지만 혼은 칼이 퍼스트 마스터이며 신속의 능력자라는 것을 단번에 알 수 있었다.

"컹컹!"

쌍두광견은 중심을 잃고 쓰러졌다. 그런 광견의 머리를 땅에서 기다리고 있던 에드워드가 베었다.

두 머리가 날아간 쌍두광견은 얼마 안지나 먼지로 변해 자취를 감추었다. 그 아래에는 상당한 크기의 혈석 두 개가 놓여 있었다. 혼이 지금까지 본 것 중에 가장 큰 것이었다. 게다가 그것도 두 개씩이나.

힌켈과 벤은 헥헥거리고 있었다.

"이야, 역시 퍼스트 마스터가 둘이나 있으니까 좋은데?"

힌켈이 웃으며 말했다. 두 사람 모두 오러로 계속해서 광견의 주의를 끌었기 때문에 체력이 많이 빠진 상태였다. 에드워드의 근육은 마치 보디빌더들이 펌프 업을 한 것처럼 불어나 있었다. 칼은 낄낄거리며 말했다.

"말했잖아. 난 칼! 칼 루이스의 칼이라고."

칼은 본인의 능력을 자랑하고 있었다. 힌켈은 그런 그에게 엄지손가락을 보여주며 칭찬했다.

혼은 칼에겐 신경을 쓰고 있지 않았다. 같은 신속의 퍼스트 마스터로서 마하의 속도도 내지 못하는 칼은 딱히 경계가 되지 않았다. 혼이 신경을 쓰고 있는 쪽은 에드워드였다. 검신에 구멍이 기이하게 나 있는 군주기도 그렇고, 저 두꺼운 괴수의 목을 일도양단한 힘도 그렇고 에드워드는 보통 내기가 아니었다.

"에드워드씨는 어떤 능력자입니까?"

에드워드는 검 집에 군주기를 넣고 있었다. 그가 대답을 하지 않자 힌켈이 대신 혼의 물음에 답해주었다.

"힘이지. 힘. 순간적으로 힘을 증폭시키는 거야."

속도를 올리는 신속이 있다면 에드워드의 능력은 힘과 관련된 것이었다. 모르긴 몰라도 상상할 수 없는 힘을 낼 수 있을 것이다. 인간이 미하로 날아다니는 신속과 같은 등급의 능력이라면 힘이 얼마나 강화될지 예측할 수 없었다.

"나랑 벤은 아직 퍼스트 마스터가 되지 못해서 뒤에서 엄호를 하는 쪽으로 싸우고 있지. 그래서 혈석은 앞에서 싸우는 두 사람에게 주고 있어."

힌켈의 말대로 혈석은 칼과 에드워드가 가지고 갔다. 점수는 같이 싸운 네 사람이 나눠가진 듯싶었다. 그렇다 하더라도 상당한 점수였다. 100점이 넘는 점수를 괴수 하나만 잡아서 얻을 수 있다면 매일매일 먹고 싶은 걸 마음껏 먹을 수 있을 것이다.

"자, 그럼 다시 움직입시다."

힌켈이 박수를 치며 앞으로 걸어갔다. 혼은 에드워드의 옆으로 가 물었다.

"검 이름이 뭡니까? 군주기면 이름이 있지 않습니까?"

에드워드는 슬쩍 혼을 쳐다보고는 무미건조하게 답했다.

"폐왕(廢王)의 비명."

혼은 납득한다는 듯 고개를 끄덕였다. 검신에 있는 구멍을 통해 나는 바람소리는 흡사 괴물이 울부짖는 것 같았다. 그것을 비명이라고 불러도 이상할 것은 없었다. 혼은 에드워드에게 검의 능력을 물어보고 싶었으나 그만두기로 했다. 괜히 정보를 캐내려다 에드워드에게 미움을 사면 굉장한 손해였고, 어차피 알려줄 것 같지도 않았다.

"그나저나 안전지대까지 가는 길은 압니까?"

"아, 그거는 벤이 알아서 하고 있지."

혼의 물음에 힌켈이 벤의 어깨에 손을 올리며 대답했다. 안 그래도 벤은 미궁의 지도만 계속 쳐다보며 걸어가고 있었다.

"놀라지 말라고. 벤은 미궁이 바뀌는 패턴을 알아냈어. 역시 하버드! 하하."

"완벽하지 않아. 규칙이 100개가 넘는다고. 길게 보면 1년은 미궁에 있어야 모든 패턴을 알 수 있어. 뭐 그래도 자주 바뀌는 패턴은 적어놓고 있지."

벤은 슬쩍 혼을 쳐다봤다. 혼은 무덤덤하게 듣고 있다가 이곳이 놀랄 타이밍이라는 것을 깨닫고 메소드 연기를 시전 했다. 벤은 그제야 만족을 한 듯 살짝 미소를 지으며 말을 덧붙였다.

"뭐, 보통 사람들도 열심히 하면 할 수 있는 거야. 너희들이 너무 무식하게 들이박는 거라고."

"하하하, 그러니까 너랑 같이 다니고 있잖아."

힌켈이 웃으며 말했다.

혼은 새삼 천화의 빈 공간을 느끼고 있었다. 이거 잘못하면 천화가 다른 남자랑 눈 맞아서 안전지대로 안 오는 거 아닌가 하는 생각까지 들었다. 저 벤은 천화처럼 물 흐르듯 걸어가지 못했다. 절대기억과 엄청난 정보계산 능력을 가지고 있는 천화는 갈림길이 나타나면 주저 없이 한쪽을 택했으나 벤은 지도에 선을 그려본 뒤 맞는 길인지 틀린 길인지를 체크해야만 했다.

"하버드, 하버드. 빨리 좀 하라고. 이 갈림길에서 도대체 몇 분이나 서 있는 거야?"

돌 위에 앉아 가만히 기다리는 에드워드, 힌켈과는 달리 칼은 벤의 집중을 방해하고 있었다. 벤은 신경질적으로 칼에게 저리 꺼지라 손짓했지만 칼은 일부러 그러는 건지 더욱 더 벤 옆에서 조잘거리고 있었다.

"고거 하나 못 찾냐? 감으로 해야지, 감으로! 감이란 말이야. 알아들어?"

"아 좀 꺼지라고."

칼은 어깨를 으쓱하며 혼을 쳐다봤다. 도대체 왜 쳐다보는 건지.

벤은 고심 끝에 한 길을 잡아 걸어갔다. 칼은 혼의 옆에서 벤의 흉을 보고 있었다.

"역시 너드들은 신경질적이야."

너드라는 것은 공부만 하는, 사회성이 없는 이들을 가리키는 단어였다. 혼은 대답하지 않았다. 아니, 누구라도 집중하고 있을 때 옆에서 깝죽거리면 짜증이 날만하다. 그게 너드건 오타쿠건 양아치건 말이야.

"조용히 해라. 칼. 가만히 걷지를 않는군."

에드워드가 처음으로 먼저 말을 걸었다. 혼도 공감하는 바이다. 지금은 그룹에 녹아들기 위해 말을 아끼고 있었지만 아쉬운 입장이 아니었다면 당장 칼의 입을 꿰매버렸을 것이다. 칼은 에드워드의 말에 풀이 죽어 팔을 늘어뜨렸다.

"내가 그렇게 시끄러웠어? 그러니까 저런 말 들을 정도로 시끄러웠냐고? 보통 아니야? 이 그룹은 너무 말이 없다고."

칼은 한껏 불만을 토해내고는 잠잠해졌다. 하지만 그것도 잠시 3초도 안 걸려서 칼은 다시 입을 열었다.

그렇게 일주일.

혼은 오러 1단계까지만 사용하면서 보조역할을 맡았다. 안전지대까지는 천천히 전진하고 있었다. 중간에 미로가 바뀌면서 빙 돌아가야 하는 경우는 있었지만 그래도 착실하게 앞으로 나아갔다.

"늦으면 내일 오후쯤에는 도착하겠어."

벤이 자랑스럽게 말했다. 혼은 답답했다. 천화와 함께였다면 3일이었을 거리를 1주일이나 걸리다니. 최대한 빨리 천화를 만나야겠다는 생각뿐이었다.

"이봐, 걱정하지 말라고. 퍼스트 마스터만 되면 다 잘 싸울 수 있어."

고개를 숙이고 있는 혼에게 칼이 말했다. 칼은 혼이 인상을 쓰고 있는 이유가 싸움에 잘 끼지 못하기 때문이라고 생각했다. 혼은 그저 고개를 끄덕이는 것으로 긍정했다. 상대가 자신을 얕보더라도 그건 혼이 원하던 그림이었다. 괜히 힘을 보여주면 사람들은 기대기만 한다. 약자인 경우가 더 나은 경우도 분명히 존재했다.

다행히 일행은 혼을 무시하지 않았다. 아니, 애초에 칼과 힌켈은 긍정적인 사람이었고, 벤과 에드워드는 남과 대화를 거의 하지 않았다. 각자의 세계에 빠져 있다고 해야 할까. 에드워드는 항상 사념에 잠겨 검을 껴안고 있을 뿐이었고, 벤은 홀로 중얼거리며 지도만 볼 뿐이었다.

"그런데 안전지대에 이미 주인이 있으면 어쩔 생각이지?"

다시 안전지대로 걸어가던 혼은 문득 생각이 들어 물었다. 힌켈은 뭘 물어보냐는 듯 말했다.

"당연히 죽이고 뺏어야지."

"그쪽이 더 강하면?"

"다른 안전지대를 찾아야지."

미궁은 항상 전쟁 중이다. 시험을 통과할 정도의 사람들이라면 목적을 위해 다른 이를 죽이는 데 주저함이 없었다.

전쟁이란 모든 범죄가 허용이 되는 것을 말한다. 법이 없는 미궁에서는 인간의 욕망이 빠른 속도로 기존의 상식을 먹어치운다.

'천화가 있으면 싸움을 막으려 할 텐데.'

혼은 벌써부터 어떻게 천화를 데리고 도망칠지를 계산하고 있었다. 뭐 천화가 없다면 안전지대를 차지한 뒤 여유롭게 기다리면 된다. 천화가 어디 떨어졌는지는 몰라도 죽지 않는 이상 한 달 안에는 올 테니까.

그렇게 안전지대의 코앞으로 온 혼의 일행은 발걸음을 멈출 수밖에 없었다.

"이건 뭐야? 완전 그로테스한데? 퍽킹 크리피라고 어이."

칼이 호들갑을 떨며 말했다.

시체가 쌓여 있었다.

반으로 잘린 사람, 두개골이 열린 사람, 내장이 흘러내리고 있는 사람. 피와 섞인 여러 타액이 땅에 스며들어 땅을 질퍽하게 만들었고 구더기와 까마귀만이 만찬을 버리고 있었다. 지금까지 시체를 잔뜩 봐온 혼에게도 좀 힘든 광경이었다.

"이게 뭐지?"

"저 앞은 안전지대다. 난 정확하게 안내했다고."

"아니, 이 하버드 놈아. 안전지대가 아니라 호러지대잖아. 저거 어떡할 거야?"

"들어가자."

에드워드가 칼의 말을 끊었다. 혼도 에드워드의 말에 공감했다. 안전지대 밖으로 저렇게 시체가 쌓여 있다는 것은 적어도 안에는 없다는 뜻이었다. 아니면 안에 더 많은 시체가 있다던가.

에드워드를 필두로 일행은 안전지대 안으로 들어갔다. 안전지대 안에는 음산한 기운이 감돌았다. 한 눈에 외벽이 보일 정도로 작은 곳이었지만 나름 거주지로 보이는 목재건물들도 지어있는 것이 사람이 산 흔적이 있었다. 집이라고 부르기는 너무 많이 부서져 있어 제 구실을 못할 거 같은 것들뿐이었다.

"저, 정찰 좀 다녀와야 할 거 같은데?"

칼이 겁에 질린 듯 양팔을 껴안으며 말했다. 힌켈은 동의를 하듯 고개를 끄덕였다.

"내가 가야겠지?"

"부탁한다. 칼. 네가 가장 빠르잖아. 혹시 일이 벌어져도 넌 도망칠 수 있으니까."

"하하, 그래. 그렇지."

칼은 마른 입술을 적셨다.

"그럼 기다려봐. 금방 갔다 올게."

칼은 빠른 발을 이용해 목재건물의 위로 올라갔다. 그렇게 칼이 사라지고 혼과 일행은 주위를 경계했다.

"인기척."

혼이 가장 먼저 말했다.

원래라면 나서지 않겠지만 앞의 시체를 보고 마음을 바꿨다. 시험을 치루고 넘어온 인간들을, 그것도 저 많은 수를 죽일 수 있는 생명체는 많지 않았다. 안전지대는 괴수가 생성되지 않고 벽이 움직이지 않는 이점이 있었다. 허나 그렇다고 해서 밖에서 괴수가 들어오지 않는 것은 아니었다. 이 안전지대 안에 있는 것이 뭐가 되었든 그것은 가공할만한 힘을 가지고 있는 것이었다.

혼의 말에 모두의 시선이 쏠렸다. 혼은 무너진 건물을 가리키며 말했다.

"저기다."

침이 넘어가는 소리마저 귀에 울렸다. 고요함이 이어지고 있을 때 혼이 말한 방향에서 누군가가 튀어나왔다. 에드워드는 반사적으로 검을 뽑아 들었고 혼 또한 세버런스를 앞으로 내질렀다.

"자, 잠깐!"

튀어나온 여자는 양손을 들고 멈춰 섰다.

"천화?"

"혼씨!"

천화가 웃으며 반갑게 달려오자 에드워드와 힌켈이 설명을 요구하듯 혼을 쳐다봤다. 혼은 천화가 안기는 와중에도 한마디를 던졌다.

"일행입니다."

"그것보다 여기 이러고 있으면 큰일 나요. 빨리 이쪽으로."

천화는 혼의 손을 잡아끌었다. 하지만 아직 칼이 돌아오지 않았다. 힌켈과 에드워드, 그리고 벤은 칼이 올 때까지 기다리려는 듯싶었다. 그러나 혼은 기다릴 이유가 없었다. 천화는 혼의 힘을 알고 있었고, 그런 그녀가 큰일 난다고 하는 것은 정말로 뭔가가 있다는 뜻이었다.

"여기까지 같이 와줘서 감사했습니다."

"원래 일행을 만나려고 온 건가?"

"그렇습니다."

에드워드는 입맛을 다셨다.

"아쉽지만 작별이겠군."

힌켈도 한숨을 푹 쉬더니 입을 열었다.

"뭐 나중에 보면 서로 싸우지나 말자고."

"그럴 리가 있겠습니까?"

혼은 그렇게 말하고 천화의 손에 끌려 폐허 사이로 들어갔다. 천화는 그 자리에 멈춰서더니 혼에게 말했다.

"늦게 오셨네요?"

"네가 너무 빨리 온 거야. 언제 왔어?"

"한 3일 전에요. 이거 봐요."

천화는 자신의 바지를 가리켰다. 긴 청바지의 다리 부분이 사라져 있었다.

"시원하겠네. 리폼 했어?"

천화는 머리를 긁적이더니 말했다.

"녀석한테 잘린 거예요. 재생은 되었지만. 바지는 재생이 안되잖아요."

"녀석이 뭔데?"

"오버로드요."

혼은 이마를 짚었다. 안전지대가 아니라 지뢰구역이구만 이거. 완전 대형지뢰를 밟은 꼴이었다.

"저기 밖에 있는 사람들도 숨으라고 해봐요. 좀!"

"그런 거 걱정할 때야? 정찰 간 놈도 있는데."

천화는 사색이 되어 말했다.

"이미 죽었겠네요."

"신속 가진 놈이야. 살았을 수도 있지."

"아니, 아니. 혼씨 정도의 신속이 아니면 상대가 안 된다니까요!"

천화가 조용한 악을 썼다. 그때 웅성거림이 들렸다. 혼은 폐허의 목재기둥 사이로 힌켈 일행을 바라봤다. 힌켈을 비롯한 모든 사람들이 어느 곳을 바라보고 있었다. 그들의 표정에서 혼은 당혹감을 읽을 수 있었다.

"이미 늦었다. 야."

천화는 혼의 옆에 딱 붙어서 밖의 상황을 보았다.

"도와주죠."

"어떻게. 괴물이라며? 위험하다며?"

"수호설과 혼씨는 무적이니까요. 어쨌든 여기서 빠져나가려면 강자가 하나라도 더 있어야 돼요."

"그냥은?"

"들키면 죽는 거죠. 밖에 시체더미 보셨죠? 꽤 많이 들어왔다가 죽었어요. 요 삼일 사이에."

혼은 머리를 긁적였다. 확실히 에드워드와 칼은 전력이 될 것이다. 힌켈과 벤도 약하지는 않았기 때문에 전력상

승을 위해서라면 도와줄 필요가 있었다. 문제는 그 전력 상승을 왜 해야 하냐는 것이다.

"그냥 저 놈들 죽을 때 우리는 빠져나가자."

"도망치는 놈들은 추격해서 잡아오더라고요. 집요하죠?"

혼은 입맛을 다셨다. 일단은 살리고 보는 것이 맞다는 소리였다.

"수호설 준비해."

"이미 준비 됐어요."

혼은 고개를 끄덕이고 밖으로 튀어나갔다.

"뭐해! 도망쳐!"

세 사람의 시선이 혼에게로 옮겨갔다. 그와 동시에 칼이 지상에 내려앉으며 외쳤다.

"망할! 망할! 깜짝 놀라서 좆 떨어지는 줄 알았네!"

칼은 호들갑을 떨며 말했다.

"튀어어어어어어!"

칼의 뒤로 연기를 뿜으며 인간형태의 무언가가 날아오고 있었다. 그것은 양손에 피로 물든 것만 같은 검을 들고 있었으며 얼굴은 썩은 용의 형상을 하고 있었다. 몸은 온통 부패해 뼈가 군데군데 보였지만 워낙 뼈 자체가 커 덩치가 있었다.

"피가, 고프다. 피가."

땅에 착지한 그것은 걸쭉한 목소리로 말했다. 혼은 재

빨리 혈석을 찾아보았다. 정확히 목 중앙에 아주 작지만 검은 혈석이 눈에 보였다.

인간형에 목 가운데라니. 그런 걸 찌를 수 있을 리가 없지 않은가. 인간 형태라는 뜻은 굉장히 날렵하다는 것이다. 네발 동물보다 싸움에 있어서는 더 날렵한 것이 두발 동물이었다.

네 발 동물은 뭔 짓을 해도 몸을 틀거나, 머리를 트는 것이 한계가 있지만 인간은 그렇지 않다. 앞, 뒤 그리고 양옆으로 크게 휘어지는 허리는 권투시합만 보더라도 얼마나 많은 공격을 피할 수 있는지를 알 수 있었다.

그런데 목이라니. 그것도 긋는 것이 아니라 혈석을 부셔야 하는 것이다.

'미친 짓이네.'

오버로드는 가만히 혼과 일행을 쳐다봤다. 칼은 헉헉거리며 벤의 옆에 섰다. 벤은 그를 보며 말했다.

"왜 그렇게 땀을 흘려? 벌써 지쳤어?"

"어? 아니, 등이 좀 아프네."

칼은 손을 등으로 가져갔다 축축한 게 만져져 확인했다. 역시나 피였다.

"아, 이래서. 아흐으응."

칼은 마치 수액이 흘러내리듯 쓰러졌다. 힌켈은 그런 그를 받아들고는 에드워드에게 말했다.

"부탁합니다!"

에드워드는 폐왕의 비명을 꺼내고 혼의 옆에 마주했다. 혼은 멀리 떨어져 있는 천화에게 말했다.

"수호설 두 개 가능하냐?"

"해볼게요!"

천화의 외침이 들리고 곧 바로 에드워드의 몸에도 푸른 보호막이 생겨났다. 에드워드는 혼을 쳐다보고는 짧게 감사를 표했다.

"고맙다."

"그거 언제 깨질지 모르니까 조심해서 싸우쇼. 아 그리고 그거 맞으면 맞는 족족 아까 그 여자애한테 데미지가 들어가니까 될 수 있으면 맞지 말고."

"그렇게 하도록 하지."

에드워드는 기합을 넣었다. 그러자 거의 근육이 터질 듯 부풀어 올랐다.

"가자! 폐왕이여!"

에드워드는 괴성을 지르며 오버로드에게로 달려들었다. 오버로드는 표정 변화 없이, 아니 표정이 있는지도 모르겠다만, 에드워드를 맞이했다.

"흐압!"

구오오오오오!

에드워드는 폐왕의 비명으로 오버로드를 내려찍었다.

오버로드는 귀찮다는 듯이 한 팔만을 올려 에드워드의 공격을 막았다. 파열음이 주변으로 퍼지는 것이 보일 정도로 강력한 일격이었지만 오버로드는 꿈쩍하지 않았다.

"이, 이런! 폐왕을 막았다고!"

에드워드의 무기는 군주기였다. 그것의 능력이 어떤 것인지는 몰라도 세버런스의 절대강도나 수호설의 보호막처럼 강력한 것임에는 틀림이 없었다.

혼은 오랜만에 느껴보는 긴장감에 숨을 깊게 쉬었다. 오버로드는 나머지 손에 들린 검으로 에드워드를 베었다. 다행히 수호설이 지켜줘 베이지는 않고 멀리 날아가 폐허에 처박히는 걸로만 끝이 났다.

"어이, 힌켈. 도망가 숨어. 시간은 끌어주마."

혼은 이길 수 없다는 것을 깨닫고 외쳤다. 일단은 전원 피신이 가장 급선무였다. 정말 천화의 말대로 만약 힌켈 일행을 버렸다면 저 오버로드에게서 도망치는 것도 힘들었을 것만 같았다.

단순히 도망치는 것뿐이라면 마하의 속도로 도망친다는 방법도 있지만 방향을 급격하게 틀 경우에는 신속을 멈춰야만 했고, 멈췄을 때 오버로드가 따라오면 다시는 도망을 치지 못한다. 녀석의 속도로 보았을 때 신속을 발동하려는 그 찰나에 공격해올 것이 분명했기 때문이다.

'나중에는 신속의 발동시간을 줄이는 연습을 해야겠네.'

아니라면 서서히 속도를 끌어올리는 방법이라도 연구를 해야 할 것만 같다.

힌켈은 혼의 말대로 칼을 업고 벤과 함께 천화가 있는 곳으로 빙 돌아서 도망쳤다. 오버로드는 혼을 쳐다보고만 있을 뿐 움직이지 않았다. 힌켈 일행은 오버로드가 시간을 끌어줘서 다행이라고 생각했지만 혼은 죽을 맛이었다.

'조금이라도 틈을 보이면 들어온다.'

혼은 사각을 없애고 있었다. 오버로드는 본능적으로 혼이 만발의 채비를 하고 있다는 것을 알고 있었다.

에드워드의 공격력은 혼도 인정하고 있었다. 쌍두광견의 목을 날려버린 일격도 그러했고, 이번 오버로드에게 한 공격도 아마 충격으로 계산하면 몇 톤은 될 것이다.

'그래도 인간형이니 다행이네.'

저런 스펙에 크기까지 컸으면 세버런스로는 답이 없을 뻔 했다. 거인이 아닌 게 어딘가. 세버런스의 강도는 최고였다. 지금까지 어떤 상대를 만나서도 흠집한번 난 적이 없다. 혼은 그것을 믿고 달려들었다.

'찌르면 부서진다.'

전의 오버로드 때처럼 일격에 혈석을 부시지 못할 상황

은 나오지 않을 것이다. 혼은 다리에 힘을 넣었다. 마하의 속도, 단 한 번의 일격으로 끝내 볼 생각이었다. 그러나 역시 신속을 발동할 채비를 하는 순간 오버로드가 앞으로 뛰쳐나왔다.

'넌 늦었다.'

혼은 마하의 속도에 들어갔다. 노리고 있는 것은 목의 혈석 그 뿐. 0.01초의 순간 세버런스가 오버로드의 혈석에 닿았다.

'닿았다……!'

아주 조금의 움직임이었다. 오버로드는 목을 살짝 틀었을 뿐임에도 세버런스는 빗나갔다. 그와 동시에 충격이 전달되었다. 수호설로 막았음에도 혼은 멀리 날아가 땅에 세 번 튕긴 뒤 일어설 수 있었다.

"제길, 이래서 인간형은!"

혼이 정신을 차리기도 전에 오버로드가 눈앞에 와 있었다. 혼은 눈을 동그랗게 뜨고 그저 쳐다보는 것 밖에는 할 수 없었다.

"꺼져라! 흐아압!"

에드워드가 난입해 폐왕의 비명을 휘둘렀다. 오버로드는 에드워드의 공격을 허리에 맞고 저 멀리로 날아갔다. 에드워드는 헥헥거리며 혼에게 외쳤다.

"우리도 도망치자고!"

혼은 고개를 끄덕이고는 에드워드를 어깨로 박아 들어 올렸다. 그리고는 신속으로 순식간에 천화가 있는 자리로 향했다.

혼과 에드워드가 나타나자 힌켈은 놀라며 말했다.

"시, 신속인가? 너도 퍼스트 마스터?"

"그건 상관없고."

혼은 천화를 바라봤다. 천화는 눈을 감고 수호설을 잡고 있었다. 그녀는 혼이 도착하자 살짝 미소를 짓고는 말했다.

"엄청 아프네요. 하하."

"숨을 곳은?"

"따라오세요."

천화는 일어나다가 비틀거렸다. 힌켈이 화들짝 놀라며 부축하려 했지만 천화는 손을 들어 괜찮다고 표한 뒤 어딘가로 뛰어갔다. 혼은 천화의 바로 뒤를 뛰어가려고 했다.

"잠깐."

그때 어깨 위의 에드워드가 말했다.

"나는 좀 내려주고 가게나."

"안 됩니다. 에드워드씨가 최고 전력이라."

"아니, 같이 도망치는데. 쪽팔려서 그래."

"아, 네."

혼은 알겠다는 듯 고개를 끄덕이고는 말했다.

"근데 이게 효율적이라."

"그래, 맘대로 하게."

에드워드의 한숨소리와 함께 다섯 남자는 천화를 따라 지하로 내려갔다.

❖

"이제 어떻게 할 건가?"

에드워드가 다친 칼에게 시선을 고정한 채 힌켈에게 물었다. 힌켈은 턱을 잡고 고민에 빠져 있었다. 오버로드의 속도는 신속을 능가했다. 물론 혼의 속도는 굉장했지만 결과적으로 혼의 공격 또한 빗나갔다.

"그나저나 마하라니. 방금 충격파 맞지?"

벤이 혼에게 말했다. 방금 전 오버로드를 향해 공격할 때 분명히 충격파가 퍼졌다. 아무리 신속이라 하더라도 마하의 속도를 내는 사람은 적었다. 혼은 긍정을 하며 천화의 옆에 앉았다.

"일단 애 얘기 좀 들어보지?"

천화는 3일 먼저 이곳에 도착했다. 절대기억을 가지고 있는 그녀는 오버로드에 대한 정보를 기억 속에서 분석하고 또 분석해 수많은 정보를 얻었다. 천화는 목을 가다듬고는 입을 열었다.

"그럼 일단 저 오버로드에 대한 명칭부터 말해볼게요. 저 오버로드는 현재 용두라고 불러요. 머리가 용을 닮아서."

"그건 뭐 상관없고. 용두의 약점이나 패턴 같은 거 없나?"

힌켈이 말했다.

"약점은 없어요. 기본적인 속도는 신속의 초기 단계와 비슷해요. 혼씨의 마하를 기준으로 삼았을 때 그의 반 정도의 속도라고 보면 되요. 저번에 6인조 그룹이 왔다가 다 죽었는데, 그 안에 퍼스트 마스터만 3명이었어요. 음 그러니까."

천화는 잠시 생각하다가 볼을 긁적였다.

"싸우면 안 된다는 거죠."

"그러니까 지금 가지고 있는 정보가 저 놈이 엄청나게 강하다는 것과 이름이 용두라는 것뿐이잖아. 뭐야 그게?"

벤이 투덜거리듯 말했다. 천화는 어쩔 수 없다는 듯이 어깨를 으쓱하며 말했다.

"싸움이 30초면 끝나요. 숨어서 지켜본다고 하더라도 답이 없죠."

"지금 그럼 우리한테는 퍼스트 마스터가 3명 있는 건가? 6인조에 퍼스트 마스터 셋. 죽은 놈들과 같은 전력이란 말이군."

힌켈이 인상을 쓰며 말했다.

"아니, 넷이다."

혼은 천화를 가리켰다.

"쟤도 퍼스트 마스터야."

"뭐?"

힌켈과 벤이 놀라며 반문했다.

"너희 1주일 전에 넘어왔다고 하지 않았나? 그렇다면 최초의 미로에서부터 퍼스트 마스터였던 말인데……."

"오버로드 잡았거든. 커다란 놈."

혼은 그렇게 말하며 세버런스를 들어 보였다.

"이거랑 저기 저 여자가 들고 있던 단검이 전리품이지."

천화는 자랑하듯 수호설을 보였다. 에드워드와 혼의 목숨을 살린 무기였다. 힌켈은 희망을 본 듯 환하게 웃었다.

"그, 그러면 적어도 우리 전력은 굉장히 강하다는 뜻이 되는 군. 퍼스트 마스터 네 명에, 아니 한명은 그로기 상태지만."

힌켈은 칼을 쳐다봤다. 혈석을 먹여놓았으니 조금 자고 일어나면 되는 상황이긴 했다.

"제가 알아본 결과 만약 전부 도망을 치려고 한다면 반 이상은 죽을 거예요."

천화는 사실대로 말했다. 6명인 이상 전부 흩어져서 도망친다면 반은 살 수 있을 것이다. 허나 용두의 추격을 받는 사람들은 확정적으로 죽을 것이다. 50%의 확률은 그다지 낮은 수치가 아니다.

"아마 싸우면 이길 확률이 50%보다 높을 거야."

혼은 가장 용두의 전력을 잘 아는 사람이었다. 냉정하게 판단했을 때 이 팀으로 용두를 잡을 수 있는 확률은 한 70%정도는 된다. 다만 아무도 안 죽고 용두를 잡을 수 있는 확률이 극단적으로 낮았다.

"하지만 적어도 두 명은 죽겠지."

"그거나 그거나 아닌가?"

"아니."

혼은 진지하게 말했다.

"잡으면 점수와 군주기를 주지. 무조건 잡는 게 낫다는 뜻이야."

혼의 말에는 일리가 있었다. 도망쳐도 50% 확률로 죽고, 싸워도 죽는다면 싸우고 죽는 편이 나았다. 혼 입장에서는 도망치다 걸릴 경우 싸워볼 여지도 없지만 만약 6명이 동시에 덤빈다면 자신만큼은 죽지 않을 자신이 있었다. 천화야 초재생이 있으니 죽을 확률이 적었고 사실상 가장 죽을 확률이 높은 건 힌켈과 벤 정도일까.

"그러면 어떻게 잡지?"

"뭐 방법이랄 것도 있나."

혼은 자리에서 일어났다.

"죽어라 싸워야지."

칼이 일어나고 혼은 진을 짜기 시작했다. 에드워드와 혼이 맨 앞. 칼이 기회를 노리다가 신속으로 치고 빠지기. 그 뒤를 벤과 힌켈이 오러 방출로 지원하며 천화는 숨어서 수호설을 치기로 했다.

"칼은 천화를 최우선으로 지켜야 돼. 수호설 없으면 에드워드씨랑 나는 죽는다."

혼의 말에 칼은 겁먹은 얼굴로 고개를 끄덕였다. 그래도 최전방이 아니라 다행이라는 생각뿐이었다. 천화는 칼에게 손을 내밀었다.

"잘 부탁드려요."

"네, 뭐."

칼의 말수가 많이 적어졌다.

"각자 목숨을 알아서 챙기고. 그렇다고 도망은 치지 말고."

혼은 힘주어 말했다.

"어차피 전멸 당하면 도망쳐도 다 죽어. 한 놈이라도 도망치면 나랑 에드워드씨도 도망칠거다. 죽기 싫으면 싸워."

벤과 힌켈은 고개를 끄덕였다. 그래도 혼과 에드워드에

비하면 나머지 사람들의 역할은 안전한 편이었다. 물론 가장 큰 데미지는 천화가 받겠지만.

"가자."

혼은 벌떡 일어나 지상으로 올라갔다. 최대한으로 넓은 곳에서 싸우는 것이 좋았다. 혼은 처음 오버로드, 용두를 만났던 곳으로 나갔다. 오버로드가 어디서 튀어나올지 몰랐기 때문에 에드워드와 혼이 맨 앞과 끝을 맡았고, 천화가 중앙에 섰다.

다행히 용두는 정직하게 걸어 나왔다. 혼과 일행들의 시선이 꽂히고 용두는 아까와는 다르게 콜록거리기 시작했다.

"자, 잠깐! 전부……!"

천화의 말이 끝나기도 전에 용두가 입에서 화염을 내뿜었다. 혼은 동물적인 감각으로 피했지만 나머지 다섯 명은 불길에 그대로 먹혀버렸다. 혼은 아랫입술을 물었다.

"제길."

저런 광역기술이 있으면 있다고 말해줬어야 하는 거 아닌가. 천화는 알고 있는 듯싶었으나 아까 작전회의 할 때 말하지 않았기 때문에 예측할 수가 없었다.

불길이 사라지고 다행히 모두 숯으로 변해버리지는 않았다. 천화는 수호설을 꽉 잡은 채로 부들부들 떨고 있었다. 그녀의 눈에서는 피눈물이 흐르고 있었다. 정신적인 타격이 어마어마했다.

"아, 이거 이렇게 쓰는 거구나. 몰랐어요."

천화는 민망하게 웃었다. 모두가 무사하다는 것에서 오는 안도의 미소였다. 하지만 가장 중요한 천화의 정신력이 반 토막, 아니 다 사라졌다고 봐도 좋을 상황이었다. 혼은 세버런스를 꺼내들고 말했다.

"당장 진영으로. 칼은 천화 보호하고! 할 수 있지?"

혼은 천화를 바라보며 말했다. 천화는 고개를 끄덕였다. 칼은 혼의 말대로 천화를 들고 저 멀리로 사라졌다가 돌아왔다. 혼과 에드워드에는 푸른 기운이 강한 보호막이 씌어줬고 나머지 사람들에게도 옅은 보호막이 생겨났다.

"멍청이가."

혼은 그 광경을 보고 인상을 찌푸렸다. 한 명도 죽이지 않겠다는 천화의 의지가 보이는 듯싶었다. 하지만 괜히 정신력을 낭비했다가는 에드워드와 혼이 위험해질 수 있었다. 천화의 정신력은 상상을 초월했지만 지금은 선택과 집중이 필요한 시간이었다.

어쨌든 그걸 천화에게 말할 상황이 아니었다. 천화는 천화 나름대로 판단을 할 것이다. 지금까지 천화는 혼을 실망시킨 적이 없었다.

"발사!"

힌켈과 벤이 오러를 모아 발사했다. 오러 2단계 각성에서 가능한 기술이었다. 회색의 구체가 용두를 간질였다. 에드워드와 혼은 동시에 양쪽에서 덮쳤다. 신속을 이용해 순간이동을 하듯 접근한 혼과 에드워드의 강력한 일격이 동시에 용두를 덮쳤다.

카아앙!

마치 지진이라도 난 듯, 건물이 무너지는 소리와 함께 엄청난 충격파가 일어났다. 용두는 양손으로 막은 뒤 힘으로 에드워드와 혼을 밀쳐냈다. 두 사람은 멀리 날아가 박혔고, 그 사이 힌켈과 벤이 지원사격을 해서 용두의 시선을 빼앗다.

용두는 귀찮은 힌켈과 벤을 먼저 노렸다. 용두는 순식간에 두 사람 앞으로 가 검을 휘둘렀다.

"크악!"

힌켈과 벤이 비명을 질렀다. 수호설의 보호막이 가까스로 버티며 두 사람을 지켰다. 그때 칼이 날아와 용두의 머리를 무릎으로 찼다.

"아자!"

칼은 속도를 늦추지 않고 조금 더 앞으로 가 멈췄다. 바스러지는 소리와 함께 무릎이 박살났다. 용두는 고개를 절래 흔들더니 아무렇지도 않은 얼굴로 칼을 쳐다봤다.

"어이, 그거 시속으로 치면 거의 800km로 박은 건데?"

칼이 낭패감 서린 얼굴로 말했다. 아니, 혼은 시속 1200에 가까운 속도로, 그것도 세버런스를 앞세워서 돌진했던 것이다. 그런 공격도 막아냈던 용두가 칼의 공격에 꿈쩍할 리가 없었다.

무릎이 박살난 칼은 움직이지 못하고 그대로 서 있었다. 아무리 신속을 익힌 퍼스트 마스터라고 하더라도 신체가 고장 난 상황에서는 어쩔 수 없었다. 용두는 빠르게 칼에게 다가갔다.

"잠깐, 니미럴!"

칼은 양 팔로 가드 했다. 용두의 붉은 검이 칼의 팔위를 때렸다.

챙!

깨끗한 소리와 함께 수호설의 보호막이 깨졌다. 하지만 금세 다시 생겨났다. 칼은 비명을 지르며 날아가 기절했다. 용두는 그런 칼을 제거하기 위해 움직였다.

"어딜 가느냐!"

에드워드가 폐왕의 휘두르며 나타났다. 용두는 그런 에드워드를 향해 검을 내질렀다. 에드워드는 방어는 신경 쓰지 않고 용두의 다리를 후려쳤다.

검에 맞은 수호설의 보호막이 진동했고, 에드워드의 폐

왕은 용두의 다리를 베었다.

"크오오오!"

에드워드는 쉬지 않고 용두를 공격했다. 그의 눈에는 광기가 서려 있었다. 폐왕의 비명. 검의 능력이었다.

모든 이성을 놓고 공격에 올인 하는 것. 힘과 속도가 월등히 늘어나는 대신 이성적인 판단이 불가능해진다. 폐왕의 비명은 과거 미쳐버린 왕이 죽을 때까지 사용했던 검이었다. 이 저주 받은 검은 사용자가 죽을 때까지, 비명을 지를 때까지 멈추지 않았다.

용두는 당황한 듯 방어태세를 잡았지만 질풍과 같은 에드워드의 공격에 상처를 입고 있었다. 에드워드와 용두가 공격을 나눈 지 5초 만에 수호설에 금이 갔다.

챵!

두 번째로 수호설이 부서졌다. 용두는 그 타이밍을 놓치지 않고 에드워드의 가슴을 그었다. 에드워드는 피를 뿜었지만 폐왕을 높게 들어 올린 채 용두를 노려봤다.

"팔 하나는 가져가주마."

에드워드는 기합과 함께 용두의 오른팔을 잘랐다. 용두는 남은 팔로 에드워드의 심장을 노렸다. 하지만 수호설의 보호막이 아주 작게 생성되어 에드워드의 심장을 지켰다.

에드워드는 쓰러졌다. 하지만 한 팔을 가져가주었다.

혼은 빠르게 에드워드가 쓰러진 곳으로 가 폐왕을 집어 들었다. 벌써부터 용두의 팔은 재생이 되어가고 있었다.

"이야, 이거 장난 아니네."

혼은 폐왕을 들고는 에드워드에게 말했다.

"빌립니다."

"죽이고 와라."

에드워드의 말을 마지막으로 혼이 용두의 앞에 섰다. 용두는 기침을 하기 시작했다. 다시 한 번 브레스를 날릴 생각이었다. 혼은 피하지 않고 굳게 서서 말했다.

"이거 꽤 좋은 검이네."

폐왕은 벌써부터 혼을 집어삼키고 있었다.

이것과 함께라면 가능할 것 같았다. 신속의 자율화가.

지금까지 혼은 신속을 제대로 사용하기 있지 못했다. 직선적인 공격을 제외하고는 마하의 속도를 컨트롤 할 수 없었다. 그냥 인간 탄환. 그 정도의 능력에서 혼은 만족할 수 없었다.

발동이 되면 움직일 수 있어야 했다. 마하까지는 아니더라도 신속의 속도로 싸움이 가능해야 했다. 디테일한 움직임과 공격이 필요한 상황이다. 신속의 약점을 없애는 방법, 그것은 신속을 발동하고 꾸준하게 유지시키는 길 외에는 없었다.

'1주일로는 부족할 텐데.'

요 1주일 혼은 홀로 신속의 컨트롤에 도전했다. 조금의 진전은 있었으나 아직 실전에서 쓸 만한 것은 아니었다.

그러나 폐왕의 비명이 주는 힘은 굉장했다. 이성만 잡을 수 있다면, 가능할지 모르겠다.

"후, 그건 쉽지."

혼은 머릿속을 가득 채우는 살의를 이성이라는 괴물로 먹었다. 이윽고 머릿속이 깔끔하게 비워졌다.

"간다, 오버로드야."

혼은 신속을 발동했다. 마하의 속도에는 미치지 않았으나 눈으로 쫓을 수 없을 만큼 빠른 속도였다.

혼은 느려진 시간 속에 있었다. 모든 것이 슬로우 모션으로 보였다. 그 안에서 단 하나, 용두의 움직임만이 혼을 따라왔다. 폐왕이 비명을 지르며 용두의 검과 맞부딪혔다. 속도가 따라오지도 못하게 혼과 용두는 움직였다.

"쿠오오오!"

몸이 버티지 못한다. 관절이 차라리 죽여 달라며 삐걱거렸다. 하지만 각성을 해버린 뇌의 귀에는 아무것도 들리지 않았다. 혼은 어렴풋이 미소까지 띄고 있었다.

재밌다. 처음으로 싸움이 재밌게 느껴졌다. 하지만 이내 혼은 머릿속에서 감정을 지웠다. 폐왕이 그의 머리를 지배하려 하고 있다는 것을 알아차렸기 때문이다. 혼이 냉정을 찾으려는 찰나 용두의 검이 그의 배를 뚫었다.

"쿠오오오."

용두가 머리를 가져다대며 혼에게 울부짖었다. 혼은 침이 튀는 용두의 입 안을 쳐다보며 웃었다.

"너도 잡혔구나."

혼은 폐왕을 버리고 용두의 손을 잡았다. 혼의 다른 손에는 세버런스가 들려있었다. 절대강도의 단검. 혼은 그것을 마하의 속도로 용두의 목에 박아 넣었다.

펑!

"혈석만 부수려고 했는데 말이야."

혼의 앞에는 머리가 사라진 용두가 서 있었다. 목이 터지면서 머리는 그래도 위로 솟구쳐 올랐다. 혼은 배에서 칼을 꺼냈다. 그때 저 멀리서 누군가가 떨어져 땅에 박혔다. 정신력이 바닥난 천화였다.

"야, 천화야. 아프잖아."

천화는 힘겹게 일어나더니 민망한 표정을 지었다. 그녀는 코피를 닦았다.

"아, 이거. 왜 세상이 돌죠?"

멍하니 혼의 싸움을 쳐다보고 잇던 힌켈과 벤이 천화를 부축하러 갔다. 혼은 쓰러진 에드워드와 기절한 칼을 돌아보며 혈석을 입에 넣었다. 들어온 점수는 1500점. 6인분으로 나뉘었다면 원래 9000점짜리 오버로드였던 것이다.

용두가 사라진 자리에는 그것이 쓰던 두 자루의 검이 남아있었다. 혼은 가장 먼저 검을 챙겼다. 점수를 나눠 갖는 것은 어쩔 수 없다고 치더라도 군주기 만큼은 제대로 챙겨야했다. 원래 먼저 챙기는 사람이 임자라고 하지 않던가.

"용의 발톱, 용의 이빨이라."

무슨 능력이 있는지는 나중에 알아봐야했다. 일반적인 검보다도 더 길었기 때문에 혼이 원하던 괴수용 무기로 적합했다. 천화에게로 걸어갔다. 천화는 정신을 차리지 못하고 있었다. 힌켈과 벤은 혼이 오자 옆으로 자리를 비켜주었다.

"일어나라. 가자."

"쉬, 쉬었다 가는 게 좋을 거 같아. 일단 눈에서 피가 흐르고, 코에서 시신경들도 거의 다 나갔어, 뇌압이 올라가면서 고막도 터졌고……."

"하지만 지금은 아니지."

벤의 말에 혼이 냉정하게 대답했다. 천화가 움찔하더니 눈을 떴다. 붉었던 눈동자는 어느새 하얗게 돌아와 있었다.

"그냥 좀 쉬다가요. 아주 그냥 죽어라 부려먹으려고."

몸 상태는 이미 회복되었다. 초재생은 꾀병을 부릴 틈을 주지 않았다. 혼은 점점 치료되어 가는 배를 가리키며 말했다.

"마지막에 깨졌더라."

"아주 살짝 기절해서요. 혼씨가 맞을 거 다 제가 대신 맞은거거든요. 좀 쉬다가죠."

혼은 천화의 귀에 속삭이듯 말했다.

"지금가야 군주기 내놓으란 소리 안해."

"아."

천화는 혼을 의아하게 쳐다보다가 대답했다.

"지금 안가도 그런 소리 안 해요. 표정 못 읽겠어요?"

혼은 벤과 힌켈의 표정을 살폈다. 둘 다 겁을 먹은 표정이 섞여 있었다. 혼은 그제야 어쩔 수 없다는 듯이 한숨을 쉬고 말했다.

"이번만 네 말 들어주마. 다 살린 공이 크니까. 덕분에 점수도 다 날아갔고."

"그거 참 고맙네요."

천화는 그렇게 말하고 바로 혼의 품으로 쓰러졌다. 혼은 머리를 긁적이고는 천화를 안아들고 힌켈에게 말했다.

"지하로 따라와라."

❖

에드워드와 칼이 정신을 차리고 여섯 사람은 모두 모여 앞으로 어떻게 할지를 말했다. 힌켈의 일행은 예정대로 이 안전지대를 거점으로 삼을 생각이었다. 멀지 않은 곳에 있는 시체가 걸렸지만 다음 안전지대를 차지할 수 있다는 보장도 없었기 때문이다.

"너희는 갈 건가?"

에드워드가 힘겹게 입을 열었다. 가슴의 상처는 어느 정도 치료되었지만 아직 모두들 전투의 충격에서 헤어 나오지 못하고 있었다. 혼은 욱신거리는 배를 쓰다듬으며 말했다.

"가야지."

"폐왕은 어디 있지?"

"여기 있어. 몰래 챙겨가려고 했는데 창고에 안 들어가데?"

"군주기는 허락이 있어야 양도가 되지. 아니면 그냥 사라져 인마."

에드워드는 처음으로 웃으며 말했다.

"한 가지만 알려주도록 하지."

에드워드가 자세를 바로 잡으며 말했다. 힌켈은 그런 에드워드에게 눈치를 줬지만 에드워드는 힌켈을 쏘아보았다.

"같이 싸웠다 하더라도 이 남자가 없었으면 우리 모두 죽었어. 힌켈 대장. 정보 정도는 줘야지. 같은 팀인데."

정보라. 혼은 정보라는 말에 귀를 기울였다.

"우리가 안전지대를 차지하려는 이유는 열쇠를 찾기 위해서야."

"열쇠?"

"지도를 보면 알겠지만 두 번째 미로로 가는 길은 없네. 지도에 보면 문이 그려진 곳이 있을 거야. 그곳으로 가서 열쇠를 끼어 넣어야 차원의 문이 열려서 두 번째 미로로 갈 수 있지."

"열쇠는 어떻게 얻지?"

"괴수들이 가지고 있네. 아주 극히 낮은 확률로 괴수들의 혈석 안에 열쇠가 형성되지. 그리고 그게 반대편의 미로에서 안전지대가 꼭 필요한 이유일세."

혼은 고개를 끄덕였다. 안전지대가 없다면 계속 돌아다니면서 열쇠를 찾아야만 했다. 여행의 피로는 누적되기 마련이고, 사람을 피폐하게 만든다. 안전지대를 하나 잡으면 돌아와 쉴 곳이 생기기 때문에 위험도 줄이고 더욱 편하게 열쇠를 모을 수 있었다.

"자, 여기 남을 마음이 생겼나?"

에드워드의 물음에 혼은 고개를 절레 흔들었다.

"아니, 여기는 문에서 너무 머잖아. 될 수 있으면 가까운 곳에서 열쇠를 찾아야지."

혼은 지도를 가리키며 말했다. 지금 있는 이 안전지대는 문에서 가장 먼 곳 중 하나였다. 이런 곳에서 열쇠를 찾는다 하더라도 문까지 가는데 몇 달은 걸릴 것이 분명했다. 열쇠를 들고 있다는 것만으로도 사람들의 표적이 될 것이 분명한데 왜 굳이 여기서 열쇠를 찾아야 하는가.

"가까이 갈수록 경쟁이 강하다는 건 생각 안하나?"

"경쟁 정도는 이겨줘야지. 왜 못이길 거 같아."

에드워드는 말이 없었다.

에드워드 또한 반대편의 미로에서 오랫동안 산 사람이었다. 퍼스트 마스터도 되었고, 오버로드를 잡아 군주기까지 얻은 베테랑이다. 힌켈이나 벤도 곧 있으면 이번에 얻은 점수로 퍼스트 마스터가 될 수 있을 정도로 잔뼈가 굵은 워커였다.

에드워드는 혼 정도의 실력이라면 충분히 반대편 미로의 강자들과 경쟁을 할 수 있을 것이라 생각했다. 점수를 더 얻다 보면 듀얼 마스터나 트라이 마스터까지 바라볼 수 있는 것이 혼이었다.

그러나 에드워드는 혼을 잡고 싶었다. 혼을 같은 팀으로 끌어들이는 것만으로도 이 안전지대는 정말 안전하게 지킬 수 있다.

"경쟁 안 될 걸세."

"할아범. 너무 표정이 티나."

혼은 미소를 짓고는 말했다.

"우리는 내일 떠날 거야. 각자 나눠받은 1500점은 내가

주는 감사의 선물이라고 생각해. 사실 에드워드 할아범
말고는 그 누구도 제대로 싸우지 못했잖아."

힌켈과 벤은 조용히 앉아있었다. 혼은 쿨하게 몸을 돌
려 침대에 누워 자고 있는 천화에게로 향했다.

"너는 남자들 사이에서 그렇게 잠이 오냐?"

혼은 그렇게 말하고 천화의 옆에 앉아 책을 읽기 시작
했다.

다음 날, 혼과 천화는 안전지대를 나섰다. 칼이 눈물을
훔치는 척 하면서 배웅을 했고 힌켈과 에드워드는 섭섭한
얼굴로 작별인사를 건넸다.

"나중에 혹시라도 힘들면 돌아오는 걸 생각해보라고."

힌켈이 혼과 악수를 하며 말했다. 혼은 장난기 섞인 미
소를 지으며 말했다.

"여긴 시체 냄새가 너무 심해서 안 와. 그럼 다시 보지
말자고."

"곧 따라가지."

에드워드가 팔짱을 낀 채 말했다. 혼은 대꾸를 하지 않
고 그대로 앞으로 걸어 나갔다.

NEO MODERN FANTASY STORY & ADVANTURE

메이즈
헌터

5

"수호설 혼씨가 쓰실래요?"

안전지대를 떠나고 며칠. 확실히 반대편의 미로의 괴수들은 그 격을 달리 했다. 왜 시험이라는 것이 존재하는 건지를 알 것만 같았다.

천화는 괴수가 나올 때마다 수호설로 보호막을 만들었다. 덕분에 혼은 아주 편하게 다 맞아가며 싸웠다. 그 덕에 천화는 머리가 빠질 정도로 정신적인 공격을 받고 있었다. 쉽게 말하면 스트레스다.

"원형탈모 생기겠어요."

"이야, 원형탈모 미녀는 또 새롭네."

"진짜라니까요. 가뜩이나 샤워하기도 힘든 곳인데."

천화는 투덜거렸다. 이번에 얻은 점수로 고대하던 목욕탕 세트를 구입했다. 화덕 위에 커다란 강철 통을 올려놓고 안의 물을 데워 쓰는 구조였다. 안은 나무로 앉을 수 있게 되어 있었고 물은 항상 갈아줘야 했지만 수돗물의 가격은 꽤 쌌기 때문에 가끔 목욕을 즐길 수 있었다.

문제는 천화가 샀는데 혼도 이용한다는 거다.

덕분에 오늘 밤에도 두 사람은 티격태격 싸우고 있었다.

"그럼 저 다음에 들어가라니까요!"

"그럼 물이 더럽잖아."

"그럼 저는요? 제가 샀는데 혼씨가 먼저 들어가는 경우는 도대체 어떤 경우입니까?"

"내가 더 열심히 일하잖아."

"그럼 하나 더 사요!"

"물 값은 하늘에서 떨어지냐?"

혼은 수영복만 입고 따뜻한 물에 들어가 있었다. 밤이라 날씨가 쌀쌀해 김이 모락모락 나고 있었다. 나쁜 놈과 착한 여자가 싸우면 무조건 나쁜 놈이 이기게 되어 있었다. 천화는 볼을 잔뜩 부풀리고 텐트로 들어갔다.

혼은 가만히 하늘을 바라보며 생각에 잠겨 있었다. 따뜻한 물에 담갔던 수건을 이마 위에 올리자 볼에 소름이 돋았다. 처음에 천화가 산다고 했을 때는 점수 아깝게

300점이나 들여서 그걸 왜 사냐고 구박했지만 사길 잘했다는 생각이 들었다.

그렇게 한 10분 하늘의 별을 구경하고 있을 때 천화가 나와서 말했다.

"저기요. 나오죠. 이제."

"그거 아냐?"

"뭘요?"

"너무 따뜻해서 나가기가 싫은 거. 밖은 너무 춥다."

천화는 한숨을 쉬더니 불에 바람을 먹는 작대기를 가져와 말했다.

"아주 끓여줄게요 그럼."

혼은 중얼거리며 밖으로 나왔다. 이 주변은 나무가 울창한 숲이었다. 안 그래도 쌀쌀한 날씨가 숲의 찬바람과 어울려져 살을 베었다. 혼은 빠르게 옷을 입고 밖으로 나왔다. 천화는 머리를 위로 올려 묶고 머리만 동동 띄어놓고 있었다.

"너 물 안 갔았냐?"

"추워서."

"으, 기분 나빠."

혼이 진절머리를 치자 천화가 손에 물을 담아 혼에게 던졌다.

"누가 할 소릴 하는 거예요? 아주 그냥."

혼은 수건으로 머리에 묻은 물을 닦았다. 혼의 시선은 숲 속으로 향했다. 모닥불이 밝혀주는 앞면을 제외하면 온통 검은 색이었다. 혼은 한 곳을 뚫어지게 보고 있었다.

"뭐해요?"

"아니, 저기 뭐가 있는 거 같아서."

"장난치지 마시죠."

천화는 살짝 떨리는 목소리로 혼이 쳐다보고 있는 장소를 쳐다봤다. 혼은 씩 미소를 짓고 텐트로 들어갔다. 홀로 남겨진 천화는 어둠속을 가만히 쳐다보다가 시선을 돌렸다. 이거 오랫동안 목욕은 못할 거 같다.

"끄으윽……."

이상한 소리가 숲속에서부터 들려왔다. 천화는 살짝 고개를 돌렸다. 찰랑거리는 물소리마저 귀에 거슬렸다.

"호, 혼씨. 혼씨!"

"끄으으윽……!"

"혼씨!"

혼은 머리를 긁적이며 텐트에서 나왔다. 천화는 겁에 질린 듯 숲속을 가리키며 외쳤다.

"저, 저기서 이상한 소리가 나요."

"어쩌라고?"

혼의 무심한 말에 천화가 버럭 소리를 질렀다.

"아 좀 확인 해봐요!"

"확인 할 것도 없어."

혼은 고개를 숙여 뭔가를 집어 들었다. 혼은 그것을 천화의 앞에 가져다 대었다. 뭔지도 확인하기 전에 천화는 비명부터 질렀다.

"꺄악! 뭐, 뭐에요?"

혼이 들고 있는 생명체는 아주 작은 동물이었다. 하얀색 털에 귀가 접혀져 완전 복슬복슬한 솜사탕처럼 생겼다. 무언가에 공격을 당한 듯 옆쪽에 발톱 모양의 상처가 나있었다. 혼은 가만히 보더니 말했다.

"이거 죽겠네."

"혀, 혈석 먹이면 되잖아요."

천화는 창고에서 혈석을 꺼내더니 동물에게 먹이려 했다. 천화는 잠시 머뭇거리더니 혼에게 물었다.

"이거 입이 어디 있어요?"

❋

우여곡절 끝에 입을 찾고 혈석을 먹이자 상처가 아물었다. 하얀 털 때문에 얼핏 봐서는 그냥 동그란 솜뭉치였다. 일단은 솜사탕이라고 부르기로 했다. 천화는 조심스럽게 피를 닦아내고 방석 위에 솜사탕을 올려놓았다.

"어차피 치료해줘도 나중에는 죽게 되어 있어."

혼은 팔짱을 끼고 서서 내려다보며 말했다. 천화는 그런 혼을 노려보고는 솜사탕에게 이불을 덮어주었다.

"일단 눈앞에 있으면 살려야죠."

"쓸데없는 짓이라니까."

"세상 사람들이 다 그 쓸데없는 짓을 했으면 미궁도 살 만 했겠죠."

천화의 말에 혼은 어깨를 으쓱하며 텐트로 돌아갔다. 박애주의라는 이상론이다. 모두가 남을 도와줄 것이라는 것은 말이 되지 않는 가정이었다. 하지만 혼은 천화의 말에 반박을 할 수 없었다.

다음 날, 천화는 눈을 뜨자마자 솜사탕을 찾았다. 하지만 방석 위에 솜사탕은 남아있지 않았다.

"갔나?"

천화는 아쉬운 마음에 입맛을 다시며 밖으로 나왔다. 그곳에는 팔굽혀펴기를 하고 있는 혼과 그 위에 가만히 앉아있는 솜사탕이 있었다. 천화가 반가운 표정으로 다가가기도 전에 솜사탕이 먼저 천화를 발견하고 달려와 안겼다.

"그거 일찍 일어났더라고."

솜사탕은 얼굴을 들어 보이며 울었다.

"낑, 낑."

"아주 귀찮을 정도로 낑낑 거리던데?"

"배고프니?"

천화가 묻자 솜사탕은 더욱 활발하게 울었다. 천화는 잠시 생각하더니 아침으로 먹으려던 국에 밥을 말아 건넸다.

"너 시골 살았었냐? 보통 고기 주지 않아?"

"어떤 동물인지 모르니까요. 안 먹으면 고기 주고. 근데 시골 살았다는 건 뭐에요?"

"보통 동물한테 그런 물밥 주는 곳은 시골 아니냐?"

"이상한 선입견이네요."

아침식사를 마친 뒤 천화와 혼은 솜사탕을 뒤에 두고 걸어가기 시작했다. 미궁에서 애완동물까지 키우는 것은 사치였다. 근사한 괴수를 거느리고 다니는 것도 아니고 귀여움 빼면 아무것도 없는 솜사탕을 데리고 다닐 수는 없었다.

하지만 솜사탕은 천화의 뒤를 졸졸 따라왔다. 또 그걸 버리고 갈 수 있는 천화가 아니었다. 천화는 어느새 솜사탕을 어깨에 얹고 걸어가기 시작했다.

"솜사탕은 너무하니까 이름 좀 지어주는 게 어때요?"

"솜사탕도 네가 지었고, 지금 이름도 네가 지으면 돼."

"그러면 하양이 어때요?"

"너무하지 않냐?"

혼의 태클이 들어오자 천화가 입술을 씰룩 거렸다. 하지만 천화는 하양으로 이름을 굳힌 거 같았다.

그렇게 조금 걸어가던 중 혼이 멈춰 섰다.

"인기척이다."

천화는 수호설을 바로 꺼내더니 보호막을 만들었다. 괴수? 아니면 괴인? 오버로드일 확률도 없지는 않았다.

이윽고 숲속에서 두 남자가 튀어나왔다. 두 남자는 인상을 쓰고 옷에 묻은 나뭇잎들을 떼어냈다. 두 남자는 이상이 매우 더러워 마치 방금 교도소에서 탈출한 사람들 같았다. 얼굴에 칼집까지 아주 완벽한 범죄자의 풍모였다.

두 사람은 혼과 천화를 보더니 인상을 썼다.

"뭐, 뭐죠?"

천화가 혼의 뒤로 살짝 숨으며 말했다. 남자들은 가만히 혼과 천화를 노려보다가 이내 표정을 풀었다.

"이야, 이 미궁에서 온전한 사람 보기 힘든데."

히스패닉 계열의 두 남자는 반갑게 인사를 하며 다가왔다. 어느새 천화의 허리에 있던 하양이는 천화의 바지주머니로 낑낑거리며 들어가 있었다. 혼은 남자들이 무슨 꿍꿍이를 가지고 접근한다고 확신했다. 처음 보인 표정에서 그들이 다른 사람들과 만나는 것을 좋아하지 않는다는 것을 알아냈기 때문이다. 이들이 얼굴을 바꾼 이유가 무엇일까.

"하하, 지나가. 지나가. 반대편 미로에서는 싸우고 그런 거 없어. 알지?"

상대는 공격할 생각이 없는 듯싶었다. 혼은 대꾸하지 않고 두 남자의 옆을 지나갔다. 천화는 최대한 혼에게 딱 달라붙어 지나간 뒤 안도의 한숨을 쉬었다.

"무섭게 생겼네요."

"저기 잠깐!"

두 남자는 급히 말을 꺼냈다. 천화는 흠칫 놀라며 혼을 잡아 세웠다. 설마 흉본 걸 들은 것일까. 아니 무섭게 생겼다는 게 그렇게 큰 흉은 아닌데.

"그, 그 주머니에 있는 거 말이야."

수염이 덕지덕지 난 남자가 말했다. 그는 하양이를 가리키고 있었다. 천화는 하양이를 가리며 말했다.

"왜, 왜요?"

"그거 우리가 찾던 거거든. 애, 애완동물이야."

천화는 믿을 수 없다는 표정으로 혼의 눈치를 살폈다. 혼은 천화를 힐끗 보더니 먼저 입을 열었다.

"애완동물한테 것? 물건 다루듯 말하네."

혼은 하양이를 데리고 가는 것에 반대했다. 괜히 동물에게 정을 줬다가 위험한 상황에서 판단을 그르칠 수가 있기 때문이다. 천화의 성격상 일단 데리고 다니기 시작하면 그 어떤 위험에서도 구하려 들 것이다.

하지만 지금은 하양이를 지켜야겠다고 생각했다. 저 남자들이 하양이를 원하는 것을 보면 하양이는 평범한 동물이 아니었다. 생김새로 판단하는 것이 아니다. 저 남자들은 하양이를 물건취급하며 소유권을 주장하고 있었다. 반면 하양이는 겁에 먹은 듯 천화의 주머니를 뚫을 기세로 숨고 있었다.

"형님, 말로는 안 될 거 같습니다."

빡빡머리의 남자가 수염에게 귓속말로 말했다. 수염의 남자는 고개를 끄덕이며 눈을 어루만졌다.

"이 눈의 상처가 아려오는 구만. 사람을 죽이는 건 익숙해지지 않아."

수염의 남자는 한껏 허세를 떨더니 앞으로 한걸음 걸어나갔다.

"좋은 말 할 때 그 털 뭉치를 넘……."

"쿠오오오오!"

남자의 말이 끝나기도 전에 숲속에서 집채만 한 크기의 표범이 달려 나와 혼을 덮쳤다. 두 히스패닉 남자는 그 괴수가 어떤 괴수인지를 잘 알고 있었다. 만약 지구에 존재했더라면 한입에 코뿔소를 두 동강 낼 수 있을 정도의 턱 힘을 가지고 있었고 속도는 최고 시속 400km로 달릴 수 있는 맹수였다. 수염은 퍼스트 마스터임에도 불구하고 저 괴수를 이기지 못해 도망친 기억이 있었다.

두 히스패닉 남자의 시선이 괴수에게로 닿는 순간, 괴수는 이미 혼의 코앞에 있었다.

모두가 그 어떤 말도 꺼내지 못했지만 속으로는 알고 있었다. 이제 혼은 죽었다. 두 히스패닉 남자는 혼이 죽을 것이라 믿어 의심치 않았다.

그 순간 혼이 사라지고 괴수가 산산조각이 났다.

수연의 남자가 비명을 지른 것은 괴수의 몸이 땅에 떨어진 뒤였다.

"으어어어!"

두 히스패닉 남자는 몸서리를 치며 뒷걸음질 쳤다. 혼은 용의 이빨과 용의 발톱을 쳐다보았다. 괴수의 피는 재가 되어 날아갔다.

'용두가 들고 있을 때는 붉은 색이었는데.'

혼은 아직 용의 이빨과 발톱을 제대로 써 본적이 없었다. 지금까지의 감상은 잘 드는 칼이라고나 할까. 하지만 세버런스보다는 강도가 약했다. 세버런스로 힘껏 치니 이가 나가는 걸 확인했다.

'이거 능력이 뭐지?'

혼은 잠시 생각하다 히스패닉 남자 둘이 있었다는 것을 깨닫고 고개를 돌렸다.

"그래서, 어쩌겠다고?"

"아, 아닙니다."

두 남자는 빠르게 인사를 하고 길이 없는 숲속으로 들어갔다. 만약 혼이 점수를 얻고 싶다며 공격을 해온다면 답이 없었다. 저런 사람들에게 시비를 걸려 했다는 것을 생각해보면 할수록 소름이 끼쳤다.

"형님! 털 뭉치는 포기 못하지 말입니다."

대머리가 숲속으로 들어가 말했다. 수염은 급히 움직이던 발을 멈추고 가만히 생각에 빠졌다.

"그래, 맞아. 포기 못하지."

수염은 곰곰이 생각했다. 싸워서는 이길 수 없다. 힘으로 빼앗은 선택지는 이미 소멸한지 오래였다. 하지만 목표는 털 뭉치, 단 하나였다. 게다가 그 털 뭉치는 여자에게 붙어 있는 거 같았다. 남자가 그렇게 강하다면 필시 여자는 남자에게 기생하는 그저 그런 실력자일 것이다. 얼굴도 반반했으니 틀림없다.

생각을 마친 수염은 대머리를 바라보며 말했다.

"좀 위험하겠지만 그치? 포기는 할 수 없지?"

"그렇습니다. 저희가 그거 찾으려고 얼마나 고생했습니까?"

"맞아. 맞아. 그랬어. 졸라 고생했지. 괴수들도 많이 만나고."

두 사람이 숲속을 헤매고 다니던 것은 다 저 털 뭉치를 잡기 위함이었다. 거의 다 잡은 순간도 있었는데 아쉽게 놓치고 말았다.

　혼의 신경에 거슬리는 것은 목숨이 날아갈 수 있는 일이었다. 수염은 일의 위험도와, 위험을 감수하고 성공했을 때의 이득을 저울질 했다. 분명히 목숨은 소중한 것이지만 그는 일이 성공할 것이라 알 수 없는 믿음을 가지기 시작했다.

　"맞아, 여자는 약할 거야. 아까 괴수가 나타났을 때도 여자는 별로 반응도 못했잖아. 시험을 통과했어도 퍼스트 마스터가 아닐 가능성이 높아."

　물론 근거는 없다.

　"게다가 말이야. 사람은 잔다고. 자는 시간에 털 뭉치만 슬쩍, 여자만 슬쩍 죽이고 나오면 지가 어쩔건데? 그지?"

　"맞습니다. 형님."

　대머리는 고개를 끄덕였다. 수염은 마음을 굳혔다. 어디서 나왔는지 모를 근거 없는 자신감이 그를 움직였다.

　"좋아, 미행하자고. 미행."

　대머리와 수염은 서로를 마주보며 동시에 고개를 끄덕였다.

❄

　"아까부터 따라오네."

메이즈헌터 163

"따라오다뇨?"

"아까 그 험상궂은 얼굴 두 놈."

혼의 말에 천화가 두리번거렸다. 수염과 대머리는 잽싸게 숨어 천화가 발견할 수는 없었다. 하지만 혼의 레이더에서 벗어날 수는 없었다. 청각과 후각이 일반인에 비해 월등히 발달된 혼은 이미 그들이 따라오고 있다는 것을 눈치 채고 있었다.

"진짜 뭐가 있긴 있나봐."

아까 물어보려고 했지만 그러기도 전에 두 사람은 아주 잽싸게 사라졌다. 이렇게 그쪽에서 와주니 고마울 뿐이었다. 혼은 천화에게 말했다.

"잠시만 기다려봐."

천화의 눈앞에서 혼이 사라졌다.

얼마 지나지 않아 두 히스패닉 남자는 혼의 손에 끌려와 무릎을 꿇고 앉아있었다. 미행이 완벽하다고 생각하고 있던 두 남자는 갑자기 눈앞에 나타난 혼에게 한 대씩 맞고 쓰러졌다. 반격을 해보려고 했지만 혼이 검을 목에 들이대는 바람에 꼼짝없이 잡히고 말았다.

"자, 그래서 왜 미행을 하고 있었지."

"미행이 아니라~. 그냥 우린 우리 갈 길을 가고 있었던 거라고."

수염이 말했다. 순수한 천화조차도 그게 거짓말이라는

것을 알고 있었다. 혼은 천화에게 손을 내밀었다. 천화는
준비했던 밧줄을 건넸고 혼은 그것을 두 남자에게 보여주
며 말했다.

"가만히 묶이면 때리지는 않을게."

"잠깐, 우리가 뭐 잘못한 것도 아닌데 이건 이상하잖
아!"

수염이 외쳤다. 혼은 어깨를 으쓱하며 말했다.

"그럼 둘 중 하나는 죽이자. 둘 다 데리고 다니기 힘들
어서 그래."

"워, 원하는 게 뭐야? 점수? 점수는 줄 수 있다니까. 죽
이는 것보다 받는 게 더 비싸게 먹히는 거 몰라?"

"아니, 정보. 저 이상한 동물. 저걸 왜 원하는 거야?"

하양이는 천화의 어깨 위에서 가만히 앉아 있었다. 움
직이지 않을 때는 어디가 앞인지도 모를 동물이다. 그다
지 맛도 없을 거 같고, 강하지도 않고, 그렇다고 똑똑한
것도 아닌데 도대체 왜 원하는 것일까.

"귀, 귀여워서."

혼은 헛소리하는 수염을 발로 걷어찼다.

"똑바로 말해."

수염은 대머리와 눈빛을 교환했다. 둘 다 말할 생각이
없는 듯싶었다.

"고문할까?"

"저 없는 곳에서 하세요. 저~기 가 있을게요."

"잠깐만, 잠깐만."

고문이라는 말에 수염이 손사래를 치며 말했다. 아까부터 봤는데 저 혼이라는 놈에게는 표정의 변화가 없었다. 발로 찰 때도, 괴수를 죽였을 때도, 심지어는 질문에 이상한 대답을 했을 때도 변화가 없다.

'저 자식 100% 싸이코패스다.'

수염은 침을 꼴깍 삼켰다. 이거 제대로 잘못 걸린 것 같았다. 수염은 작전을 바꾸기로 했다. 이렇게 된 이상 정면 돌파였다. 어차피 미행하던 걸 들킨 이후부터는 이판사판이었다. 수염은 대머리에게 눈으로 신호를 준 뒤 말했다.

"그 털 뭉치는 말이야."

수염이 고개를 끄덕였다. 그것을 가만히 보고 있던 대머리는 창고에서 수류탄을 꺼냈다. 정확히 말하자면 연막탄이었다. 순식간에 어두운 연막이 혼과 천화를 집어 삼켰고 수염은 능력을 사용했다.

"구오오오!"

수염은 괴성을 질렀다. 그러자 그의 사지에 털이 수북하게 나더니 마치 늑대의 것처럼 변했다. 수염은 곧장 천화에게 달려가 천화의 가슴을 베었다. 천화는 피를 쏟으며 뒤로 넘어갔고 수염은 그 찰나를 놓치지 않고 하양이를 회수했다.

"튀어!"

혼은 천화를 부축하느라 바로 추격할 수 없을 것이다. 하양이를 얻은 수염은 대머리와 함께 죽어라 달렸다. 늑대의 형상으로 변했기 때문에 속도는 인간일 때와는 비교할 수 없을 정도로 빨랐다.

"됐습니다! 됐습니다! 형님!"

대머리가 기쁨에 외쳤다. 수염은 열심히 고개를 끄덕였다. 그런데 그때 뒤에서 여자의 목소리가 들렸다.

"하양이 내놔!"

천화였다. 옷이 찢어져 속옷이 살짝 보이고 있었지만 수호설에 손에 들고 미친년처럼 뛰어오고 있어 섹시해보이지는 않았다.

정확히 말하면 무서웠다.

"오메! 뭐여 저게!"

수염은 천화를 보고는 속도를 올렸다. 인간의 모습인 대머리는 점점 뒤로 쳐졌다. 천화의 신체능력은 혼의 관리를 받아 일반적인 각성자들보다 월등했다. 대머리는 천화에게 잡혀 비명을 질렀다.

"형님!"

천화는 대머리를 쓰러트리고 수염에게로 달렸다. 하지만 늑대의 형상이 된 수염을 따라잡기에는 역부족이었다.

"하하! 네가 아무리 빨라봤자!"

"빨라봤자 뭐?"

혼이 앞에 나타났다. 수염은 급하게 브레이크를 밟았으나 그대로 혼이 들고 있던 검에 찔렸다. 수염은 피를 토하며 혼을 올려보았다.

"잠깐만 자라."

혼은 주먹으로 수염의 머리를 후려쳤다.

수염과 대머리는 나무에 거꾸로 매달려 있었다. 양팔과 다리가 아주 꽉 묶여 있어서 안간힘을 써도 벗어날 수가 없었다. 혼은 차가운 물을 끼얹어 두 사람을 깨웠다. 정신을 차린 수염과 대머리는 깨어나자마자 빌기 시작했다.

"살려주십쇼. 그러려고 그런 게 아닙니다."

"맞습니다. 이게 다 형님이 시켜서 한 것뿐입니다."

"야이 개새끼야."

수염이 대머리에게 욕할 때 혼이 중재에 나섰다.

"잠깐, 잠깐. 기다려 보라고. 내가 원하는 건 정보야. 저거 왜 노린 거야. 그것만 알려주면 거기서 내려주지."

수염은 미간을 찌푸렸다. 정보를 주지 않으면 죽음이 기다리고 있었다. 하지만 정보를 줘버리면 털 뭉치를 다시는 얻을 수 없다. 수염은 잠시 뜸을 들이다가 한숨을 내쉬며 입을 열었다.

"모르고 있었습니까? 푸른 혈석."

"푸른 혈석?"

"네~. 푸른 혈석입니다. 그거 푸른 혈석을 가지고 있는 놈입니다."

"푸른 혈석이 뭐가 좋지?"

"아, 완전 아무것도 모르는 사람한테 잡혔네."

수염은 중얼거린 뒤 다시 입을 열었다.

"푸른 혈석 모르십니까? 죽은 사람도 살리는 푸른 혈석."

"죽은 사람도 살려?"

"붉은 혈석 먹으면 상처가 치료되는 건 아시죠? 푸른 혈석은 그것의 강화판입니다. 먹으면 죽은 놈도 살아나요."

혼은 입맛을 다셨다. 알고 보니까 저 털 뭉치가 엄청난 황금덩어리였다. 만약에 푸른 혈석이라는 것을 판다면 부르는 것이 가격일 것이다. 그냥 가지고 있더라도 만약의 상황에 대처할 수 있었다.

"당신이 하양이 상처 입힌 거죠?"

천화가 대뜸 끼어들더니 말했다.

"뭐?"

"그러니까 하양이 상처. 당신이 낸 거냐고."

천화는 사뭇 진지했다. 혼은 알아야 할 정보를 모두 알았기 때문에 뒤로 쓱 빠졌다. 수염은 어이가 없다는 듯이 천화를 쳐다보다 말했다.

"아니, 너희들도 이제 죽일 거 아냐. 푸른 혈석이라고. 죽이라고 있는 거라니까."

"개새끼."

천화는 정색하며 말했다. 혼은 처음 들은 천화의 욕에 오~ 하고 박수를 쳤다.

"죽이라고 있는 생명체가 어디 있어? 혼씨 저것들 내려주지 말아요."

"안 그래도 그럴 생각이었어. 근데 진짜 안 죽일 거야?"

천화는 살벌하게 혼을 노려봤다. 그리고는 하양이를 꼭 안아 들고는 걸어갔다. 혼은 머리를 긁적였다.

"이거 참, 야단났네."

"선생님. 이것 좀 내려주시죠? 약속하지 않았습니까? 다 사실대로 말했습니다."

"맞습니다. 선생님. 살려주세요. 여기서 괴수라도 나오면……."

"미안한데."

혼은 어쩔 수 없다는 듯 어깨를 으쓱거리며 말했다.

"너희가 또 따라올 수도 있잖아. 그냥 두고 갈래. 죽이는 게 최고이긴 한데, 그건 봐줄게. 정보도 줬고 그랬으니까. 착하지 않냐?"

혼은 그렇게 말하고 천화를 따라 걸어갔다.

"선생님? 선생님! 내려달라고! 야 이 개새끼야! 내려달라고!"

뒤에서 수많은 욕지거리가 들렸으나 혼은 무시하고 걸어 나갔다. 자고로 뒤에서 하는 욕은 신경 쓰지 않으면 아무것도 아니다.

'그나저나, 푸른 혈석이라. 생각지도 못한 로또가 터졌네.'

혼은 미소를 짓고 하양이를 쳐다봤다. 앞으로는 이름으로 불러줘야겠다. 언제 배를 째야할지 모르니까 그때까지는 말이다.

메이즈
헌터

6

Maze Hunter

6

 반대편의 미로도 최초의 미래와 비슷한 구성을 가지고 있었다. 문이 그려진 곳까지 가기 위해서는 안전지대들을 무조건 지나가야만 했다. 혼과 천화는 반대편의 미로에서 맞는 두 번째 안전지대에 가까워져 가고 있었다.

 "엄청 먹네요."

 하양이는 한자리를 차지하고 게걸스럽게 물에 말은 밥을 먹고 있었다.

 부우웅.

 저 멀리서 모래먼지가 불어왔다. 숲속에 길은 하나였다. 꽤 오래 된 기억에 남아있던 소리에 혼은 고개를 돌렸다.

"차다."

"차요? 무슨 헛것을 본 거……!"

저 멀리서 차가 달려오고 있었다. 거친 엔진 음에 덜컹 거리는 모습이 전형적인 후진 옛 덤프트럭의 모습이었다. 혼은 점수상점에서 차를 찾아보았다. 정확하게 차라는 것 은 없었고 부품들을 상당히 많이 팔고 있었다.

"저건 만든 거다. 야."

"대박."

천화도 넋이 나가 쳐다봤다. 혼은 진지하게 차를 강탈 하고 타고 갈까라는 생각을 했다. 신속은 체력적 부담이 너무 심하고, 또 방향 틀기도 익숙하지 않아 쓸 수 없었 다. 뚜벅이로 몇 개월 간 미궁을 돌아다니다 보니 차를 타 고 다니던 시절의 안락함을 까먹고 있었다.

차는 그대로 직진해 혼과 천화의 앞에 섰다.

"이야, 맛있어 보이는데?"

뚫려 있는 창문으로 한 남자가 고개를 내밀며 말했다. 갈색 머리를 짧게 자른 근육질의 중년이었다. 초록색 러 닝셔츠가 그가 군대에 종사하던 사람이라는 것을 보여주 고 있었다. 혼과 천화는 벌떡 일어나 경계태세를 갖추었 다.

"지나가야 하는데 길이 막혀서 말이야. 좀 비켜주지 않 을래?"

"뭘 그렇게 말하고 있어? 그냥 밟고 가."

트럭 뒤에 타고 있던 금발머리의 여자가 외쳤다. 똑같은 초록색 러닝셔츠를 입었고, 양팔과 쇄골 주변에 수많은 문신을 했다. 사나워 보이는 얼굴처럼 몸매도 표범처럼 라인을 따라 잘빠졌다.

혼은 여자를 힐끗 보더니 남자에게 말했다.

"밟고 가면 죽는다."

남자는 미소로 대답했다.

"알아, 알아. 싸워서 좋을 거 없잖아? 좀 비켜 달라고."

"다 먹을 때까지 기다려."

"혼씨, 비키면 그만이잖아요."

저번에 오버로드 때는 그냥 비켜주던 혼이 이상하게 시비를 걸고 있었다. 혼은 천화에게 귓속말로 말했다.

"덤비면 죽이고 트럭 빼앗게. 그냥 공격하면 너 또 뭐라고 할 거잖아."

천화는 침을 꼴깍 삼켰다. 차를 가지기 위해 조수석에 앉은 사람까지 포함해 3명을 죽인다는 것은 있을 수 없는 일이었다. 하지만 길을 비켜주지 않는다고 공격해오는 사람을 죽이는 건 어쩔 수 없는 것이었다. 혼은 최대한 천화의 성격에 맞춰주고 있었다.

"하하하, 거, 거의 다 먹었으니까 기다려 주실래요?"

천화는 혼이 배려해주고 있다는 것을 알고 있었다. 실리주의인 혼이 혼자 있었다면 이 세 사람을 죽이고 차를 뺏어서 다음 안전지대로 갔을 것이다. 단 두 명뿐이더라도 그룹의 리더는 혼이었다. 천화는 최대한 예의바르게 말한 뒤 상대의 반응을 살폈다.

운전자인 남자는 어깨를 으쓱하며 조수석을 쳐다봤다. 조주석의 남자는 고개를 끄덕이는 것으로 상황을 마무리지었다.

"그래, 뭐. 기다리지. 우리도 밥 먹자."

"씨발! 그냥 밟고 가라니까. 애새끼들 무서워서 그러냐?"

여자가 버럭 소리를 질렀지만 운전자는 시동을 끄고 내렸다. 천화는 안도의 한숨을 내쉬며 자리에 앉았다.

"안 덤비네. 아쉽다."

혼이 진심을 담아 말했다. 운전자는 혼과 천화의 바로 옆에 바비큐 판을 깔더니 소시지와 빵을 꺼냈다.

"이왕 먹는 거 너희도 먹을래?"

운전자는 사심 없이 음식을 권하고 있었다. 딱 봐도 악인은 아니었다. 혼도 그가 마음에서 우러나오는 선의를 베풀고 있다는 것을 알았다. 하지만 문제는 여자 쪽이었다.

"그 망할 소시지가 얼만데 같이 먹자 말자야? 어? 미쳤어?"

"어려울수록 나누라는 말도 몰라?"

두 사람이 대화를 나누고 있을 때 조수석에 앉아있던 남자가 혼에게로 다가왔다. 혼은 앉은 채로 그를 올려다 보았다. 남자의 온 몸에는 문신이 그려져 있었고 그의 얼굴에는 오래되어 보이는 수많은 상처가 나있었다. 혼은 남자가 얼마나 많은 사지를 헤쳐 나왔는지를 알 수 있었다.

"너, 나보다 많이 죽였겠군."

남자가 먼저 입을 열었다. 혼은 가만히 입을 다물고 있다가 고개를 절래 저었다.

"비싼 놈들만 죽였지, 많이 죽이진 않았다."

"그게 그거지. 비싼 놈들이 몇 천 명의 목숨을 쥐고 있거든."

남자는 혼의 옆에 앉았다.

"나는 로저다. 로저 페리어. 저기 남자 놈은 우리 팀의 메카닉 월터. 독일인이지. 저 입이 험한 여자는 우리 팀의 사수. 마리나다. 러시아인."

"우린 둘 다 한국인. 혼과 천화다."

로저는 고개를 끄덕이고는 마리나에게로 걸어갔다. 마리나는 로저가 오자마자 불만을 털어냈다.

"헤이, 리더. 아무리 여기에는 강자들 밖에 없어도 애새끼들한테 굽실거리는 건 아니잖아."

"말 조심해라."

로저는 마리나에게 경고하듯 말했다.

"저 혼이라는 놈이 맘만 먹으면 우린 다 사신에게 아침 인사를 하게 될 테니까. 네 년 군번줄을 나한테 주기 싫으면 입 다물고 있어."

마리나는 인상을 쓰다가 혀를 차며 물러났다. 월터는 어깨를 으쓱하더니 말했다.

"덕분에 살았네요. 대장."

천화는 세 외국인을 쳐다보다가 혼에게 귓속말로 말했다.

"나쁜 사람들은 아닌 거 같아요."

"여기 있는 놈들 모두 나쁜 놈들이야. 너 빼고. 너는 네가 묻힐 피를 내가 다 대신 뒤집어 써주고 있으니까. 고마워하라고."

천화는 입을 앙다물고 고개를 끄덕였다.

"그나저나 차가 진짜 아깝네. 죽이지만 않으면 되지 않을까?"

"차를 타고 싶나?"

혼이 말하는 걸 들었는지 로저가 걸어와 말했다. 천화는 화들짝 놀라 변명하려 했지만 혼은 살짝 고개를 끄덕이는 것으로 대답을 마쳤다. 로저는 한숨을 쉬며 혼의 앞에 앉았다.

"태워주지. 어차피 미궁을 여행하는 사람들의 목적지

는 같지 않나?"

"소원을 들어주는 뭐시기 말이지?"

"그래, 그거. 그러니까 만약 타고 싶다면 태워주지."

로저는 혼을 태움으로서 전력을 강화할 생각이었다. 아
니, 그것보다도 혼이 마음만 먹으면 차는 포기해야만 했
다. 자세히 보니 여자 쪽은 차를 빼앗은 것에 부정적이었
고, 왜인지는 모르지만 혼이라는 남자는 여자의 말을 잘
들어주고 있는 듯싶었다.

"뭐, 그럼 타고 가도록 할까? 걷는 것도 지겨우니까."

가만히 앉아서 가는 게 걷는 것보다 불편할 수는 없었
다. 트럭 뒤에 타면 낮잠을 자면서도 목적지까지 갈 수 있
다. 혼의 말을 들은 로저는 살짝 미소를 짓더니 바비큐를
가리켰다.

"어때, 같이 가는 동행으로서 밥이나 같이 먹지."

혼은 강자였다. 딱 봐도 알 수 있었다. 트럭이 다가올
때도 혼은 당황한 기색이 없었고 오히려 차를 빼앗을까
아니면 그냥 놔둘까 고민하는 듯 보였다. 이는 단 한 번도
위기를 겪어 본 적이 없는 사람만이 할 수 있는 행동이었
다. 보통의 미궁인이었다면 다른 사람이 나타나는 순간
긴장하고 또 겁을 먹어야만 했다.

특히나 선별된 강자만이 들어올 수 있는 반대편의 미로
에서는 더욱 그러했다.

"우린 다 먹었어."

혼은 자리에서 일어나며 말했다. 그리고는 걸어가 차체를 살펴보았다. 어떤 의미로는 오픈카였다. 유리를 구할 수 없어 그냥 안 붙인 듯싶었다. 트럭의 뒤에는 기관총이 붙어 있었다. 마리나가 사수라고 하더니 이 기관총의 사수인 듯싶었다.

로저 일행의 식사가 끝나고 혼과 천화는 트럭 뒤에 올라탔다. 마리나는 로저의 경고를 듣고도 혼과 천화를 노려보고 있었다. 혼은 무시하고 자리를 잡아 누웠다.

"아, 낮잠 좀 잘 수 있겠네. 망 좀 봐줘."

트럭의 짐칸에는 앉을 수 있게 의자가 놓여 있었다. 혼은 천화의 무릎을 베고 누웠다. 허락하지도 않았는데 너무 자연스럽다. 천화는 잠시 민망해하다가 고개를 돌려 다른 곳을 보았다.

괜히 허벅지가 가렵다.

차가 출발하고 가만히 천화를 쳐다보던 마리나가 말했다.

"야, 너. 좋은 거 봉 잡았다."

"네?"

천화가 되묻자 마리나가 다시 한 번 비꼬았다.

"왜, 우리 대장이 말하길 그 남자가 괴물이라네. 우리를 다 죽일거라는데? 하하하."

"아…… 네."

천화는 딱히 부정하지 않았다. 이들이 얼마나 강한지는 모르겠지만 오버로드를 상대로도 밀리지 않는 혼의 상대가 될 것이라는 생각은 들지 않았다.

마리나는 천화의 태도가 짜증났다. 불편하라고 비꼰 것인데 그냥 인정하고 딴청을 피우고 있었다. 마리나는 쳇 하고 혀를 차더니 말을 이어갔다.

"그래서 그렇게 대주면서 살면 좋냐?"

"네? 대주다뇨?"

천화가 영문을 모르겠다는 듯 반문하다 마리나가 한 말의 뜻을 깨닫고는 얼굴을 붉혔다.

"아, 아니거든요!"

"뭐가 아니야? 걱정 마. 다른 여자들도 다 그렇게 살아남아. 아, 나는 빼고. 나는 너희들처럼 무능한 여자가 아니거든."

최초의 미로에서 여자가 살아남기 위해서는 강자에게 붙어 기생하는 것밖에 없다. 남자들은 그룹을 만들고, 스스로 싸워 점수를 쟁취해내지만 여자들은 대부분 그런 남자들에게 몸을 주고 점수를 받았다. 어느 정도 각성을 하고 나면 남자들이 필요 없어지기 때문에 독립하는 여자들도 있었지만 아닌 경우도 많았다.

"그렇게 찌그러져서 사느니 죽지 참."

"전 아니라니까요?"

"훗, 그래?"

마리나는 천화의 머리부터 발끝까지 훑어보았다. 동양인들의 매력이 무엇인지는 모르겠으나 천화는 나름 몸매도 좋고, 얼굴도 귀여웠다.

로저의 눈은 절대로 틀린 적이 없었다. 로저가 혼이 강하다고 한다면 그건 사실일 것이다. 강한 남자가 예쁜 여자를 데리고 다니는 일은 흔하다. 어릴 적부터 용병을 하던 마리나는 그런 여자들을 혐오했다.

남자들에게 빌붙느니 차라리 죽겠다. 같은 사람으로서 남자가 하는 일은 전부 여자도 할 수 있었다. 마리나는 지금까지 그걸 증명해왔다.

물론 조금의 페널티는 붙지만 여자들은 다른 쪽으로 남자들보다 월등했다. 집중력, 섬세함. 그 결과 마리나는 용병단 안에서 최고의 사수가 될 수 있었다.

"기생충들. 쓰레기 같아."

마리나는 천화에게도 들리게끔 중얼거렸다. 천화는 마리나를 노려볼 뿐 아무 말도 할 수 없었다.

기생충이라는 단어에 심장이 아파왔다. 혼이 해주는 것에 비해 천화의 역할은 너무나도 작았다. 혼은 그렇게 생각하지 않았다. 벤과 다녀본 혼은 천화가 없을 경우 안전지대까지 가는 속도가 두 배는 더 걸린다는 것을 잘 알고

있었다. 그러나 천화는 조금이라도 신세를 지고 있다는
생각에 한숨을 쉬었다.

"어이, 세 갈림이다. 골라. 어디로 갈래?" '

운전자인 월터가 말했다. 마리나는 잠시 생각하다가 말
했다.

"직진해! 귀찮아."

"오른쪽이에요."

천화가 끼어들어 말했다. 마리나는 천화를 노려봤다.

"네가 뭘 안다고 끼어들어."

"오른쪽이에요. 오늘은 지구 시간으로 7월 14일. 시간
은 해의 높이를 보았을 때 2시 정도. 그럼 27번 지도에요.
오른쪽으로 가야 안전지대로 갈 수 있어요. 직진하면
음……."

천화는 잠시 생각하다 말했다.

"빙글빙글 돌겠네요."

"이야~."

월터가 앞에서 감탄사를 뱉었다.

"그 정도로 말하니까 오른쪽으로 가고 싶네. 오른쪽으
로 결정이다."

"월터 이 똥개새끼야. 가운데로 가자니까!"

"에이, 넌 근거가 없잖아. 똥개새끼는 원래 지 맘대로
가는 거야. 꼽으면 운전대 잡아."

"그럼 네가 총 쏠 거냐?"

마리나는 투덜거리며 팔짱을 꼈다. 천화는 어깨를 으쓱하며 배로 파고드는 혼의 머리를 살짝 밖으로 밀었다.

"안자죠? 민망하니까 들어오진 마시죠?"

혼은 대답을 하지 않았다. 하지만 속으로는 생각했다.

'뱃살 푹신했는데 말이야.'

그렇게 한 2시간, 천화는 침을 코에 바르며 제발 혼이 빨리 일어나기를 기도했다. 슬슬 다리에 감각이 사라지고 있었다. 마리나는 꾸벅꾸벅 졸고 있었다. 그러던 중 차가 덜컹거리며 섰다.

"뭐, 뭐야?"

마리나가 깜짝 놀라 깨며 말했다. 월터가 고개를 창밖으로 내밀고 상황을 설명했다.

"앞에 사람들이 죽어있어."

"밟고 가. 시체 한두 번 보냐."

"그게 식사중이라. 방해하기가 뭐하네."

월터는 어깨를 으쓱하더니 직접 보라며 손가락으로 앞을 가리켰다. 앞에는 수 십 마리의 흑수들이 만찬을 즐기고 있었다. 만찬의 주재료는 인간이었다.

흑수는 저번에 혼이 죽였던 바로 그 괴수였다. 그때는 한 마리뿐이었지만 지금은 언뜻 보아도 10마리는 넘어보였다. 천화는 급히 혼을 흔들어 깨웠다.

"혼씨, 저기 저거."

혼은 슬쩍 눈을 뜨고 일어나더니 바로 다시 누웠다.

"아, 저 정도는 그냥 잡겠지."

"도와줘야죠! 저걸 어떻게 잡아요?"

천화의 다급한 외침을 뒤로하고 혼은 마리나에게로 시선을 옮겼다. 그녀는 살짝 걱정스럽게 흑수들을 쳐다보고 있었다. 혼은 마리나에게 비꼬듯 말했다.

"어이, 남자한테 기생할 바에는 죽는 게 낫다며. 저 정도는 잡을 수 있겠지?"

마리나는 어이가 없다는 듯이 혼을 쳐다봤다.

"안자고 있었어요?"

"원래 귀는 열어놓고 자."

마리나는 기관총을 향해 가 앉더니 월터에게 말했다.

"차 돌려. 죽이고 갈 거니까."

"정말 그래야겠어?"

"대장은 움직이지 마. 다 내꺼야."

로저는 말이 없었다. 아까부터 트럭 뒤에서 하는 소리를 다 듣고 있던 그였다. 마리나가 천화에게 한 말도, 혼이 마리나를 비꼬는 것도 다 알고 있었다.

이참에 마리나의 실력을 혼에게 보여주는 것도 나쁘지 않을 것 같았다. 혼에게 마리나의 무력과 월터의 메카닉으로서의 지능을 어필해 진짜 팀으로 인정받을 생각이었다.

게다가 이번에 마리나가 전부 처치하면 다음 괴수는 혼에게 부탁할 수 있는 권리가 생긴다. 저번에는 우리가 잡았으니 이번에는 네가 실력을 보여 봐라. 뭐 이런 식으로.

"예이, 예이. 그럼 돌립니다."

월터는 좁은 길에서도 능숙하게 차를 돌려 세웠다. 마리나는 흑수에게로 기관총을 조준하고 혼에게 말했다.

"잘 봐둬. 듀얼 마스터의 힘을."

"듀얼 마스터?"

어느새 일어나 관람객 모드가 된 혼은 고개를 갸웃거리며 말했다. 듀얼 마스터란 무기 각성까지 3단계를 찍은 자들을 일컫는 말이었다. 과연 무기 각성 3단계는 어떤 효과가 있을까 궁금해졌다.

"자, 한 번 놀아보자고."

마리나가 방아쇠를 당겼다.

두두두두두두!

대전차용 기관총이었다. 상당한 반동이 있는 것임에도 마리나는 흔들림 없이 총알을 퍼부었다.

혼은 사수라는 말에 마리나의 무력을 실감할 수 없었다.

지구에서의 전쟁은 사수들이 다 하는 것이라고 봐도 좋았다. 주 무기가 총이니, 총을 쏘는 놈들이 짱이라는 것이다. 물론 미사일이나 비행기, 탱크 같은 전략적 무기도 있었지만 그것을 조종하는 것이 사수라는 것들이다.

그런데 미궁에서는 이 사수의 포지션이 애매해진다. 혼은 자신의 몸 자체가 마하로 움직이는 말 그대로 인간 탄환이었다. 기관총의 탄환속도라고 해봤자. 400m/s에서 800m/s. 마하보다는 빠르지만 사수가 움직일 수가 없다는 단점과, 맞추기가 힘들다는 점 때문에 딱히 쓸 만한 무기가 되지는 않는다. 그 때문에 혼이 총을 살 수 있을 정도로 점수를 모았음에도 무기를 바꾸지 않는 것이었다.

저 흑수라는 것들도 시속 400km로 달리는 빠른 녀석들이었기 때문에 인간의 능력으로는 맞출 수 있을 리가 없었다.

"으랴랴랴랴!"

마리나는 괴성을 지르며 웃었다. 총을 쏜다는 것 자체에서 오는 희열. 어렸을 때부터 마리나를 가장 흥분시키는 것이었다.

탄환은 흑수에게로 날아가 박혔다. 한 3놈 정도가 동시에 쓰러지며 흑수의 시선이 트럭으로 몰렸다. 혼은 이제 슬슬 자신이 나서야겠다고 생각했다. 더 이상 기관총으로 저 10마리 이상을 쫓기는 무리였다.

"터져라!"

혼이 용의 쌍검을 꺼내드는 순간 마리나가 외쳤다. 그와 동시에 날아가던 탄환들이 폭발을 하기 시작했다.

물론 기관총이 땅에 맞으면 먼지가 무진장 솟아오르기 마련이다. 하지만 이건 그것과는 차원이 달랐다.

말 그대로 폭발. 마치 수류탄이 0.1초마다 터지는 것 같았다.

도망을 치려던 흑수들은 전부 폭발에 휘말려 사라졌다. 마리나는 사격을 멈추고 일어나 먼 산을 바라보듯 폭발을 감상했다.

"캬, 이 맛에 쏜다니까."

마리나는 가래침을 퉤 뱉더니 자리에 앉았다. 혼은 그녀를 보며 박수를 쳤다.

"대단하네. 딱 하나만 빼고."

"뭐? 딱 하나만 빼고? 아나 진짜 어디서 태클……."

"그거 옆에서 오는 적한테 너무 약해."

혼은 말이 끝남과 동시에 차 옆에서 날아오는 흑수를 베어 넘겼다. 마리나는 혼의 움직임조차 제대로 보지 못했다. 그저 흑수가 날아 들어왔고, 갑자기 조각이 났다는 것밖에는 볼 수 없었다.

로저가 경고를 했음에도 마리나는 놀랄 수밖에 없었다. 기척이 없기로 소문이 난 흑수가 기습을 하는 것을 알아챈 것도 그렇고 저 말도 안 되는 속도. 신속의 유저들은 대부분 속도를 이기지 못하고 크게 움직이기 때문에 혼처럼 섬세한 공격은 할 수 없었다.

마리나는 당황한 표정을 감추고 자리에 앉았다.

"자 출발해. 다 죽었잖아."

"예이~. 그러겠습니다."

다시 트럭이 출발을 하자 혼이 마리나에게 물었다.

"아까 폭발하던 공격이 듀얼 마스터의 능력과 관계가 있나?"

"뭐야? 그건 왜 물어?"

"아니, 무기 각성자가 얼마나 강한지 알고 싶어서."

마리나는 인상을 찌푸렸다. 혼이 다루는 퍼스트 마스터의 능력. 신속의 능력이 분명했다. 신속을 혼 정도로 단련을 하려면 엄청난 시간이 필요할 것이다. 사실 반대편의 미로에 있다는 것 자체가 좀 이상할 정도로 혼은 신속을 잘 다뤘다.

그렇다면 당연히 듀얼 마스터나 트라이 마스터는 되었을 것이라 생각했다. 미궁에서 오래 있었다는 뜻은 그만큼 점수를 모을 시간이 많았다는 것이다. 각성의 중요성을 알면 점수를 버는 족족 각성에 투자했을 것이다.

"듀얼 마스터 아니야?"

"아니야. 그냥 퍼스트 마스터. 아직 점수가 좀 모자라거든."

혼이 가지고 있는 점수는 약 8000점. 듀얼 마스터가 되기 위해 필요한 점수는 1만점이었기 때문에 아직 조금 모자란 수준이었다. 어차피 각성을 하지 않을 것도 아니었지만 이왕이면 어떤 능력이 있는지를 알아보는 것도 나쁘지 않다.

"맞아. 폭발하던 게 능력이야. 내 능력은 총알을 폭발시키는 거지."

"그러니까 모든 총기류를 다룰 때 나타나는 능력이라는 거군."

"이해가 빨라서 좋네."

마리나는 그냥 사실대로 얘기했다. 이미 보여준 이상 숨길 필요가 없었다. 이미 들킨 정보를 숨기려고 하는 것보다는 사실대로 말하고 혼과 친해지는 편이 낫다고 판단했다. 적어도 대장인 로저는 그러길 원하고 있으니까.

"흐음, 그럼 무슨 능력이 있으려나."

혼은 고민에 빠졌다. 앞으로는 무기의 능력에도 신경을 써야만했다. 언제 듀얼 마스터가 적으로 등장할지도 모르는 것이다. 신체 3단계, 즉 퍼스트 마스터의 능력에는 공통점이 있었다.

전부 신체로 이루어진 능력이라는 것이다. 천화의 초재생이나 신속, 그리고 늑대로 변했던 남자까지 전부 신체가 변화되거나, 강력해지는 것이었다.

그렇게 치면 듀얼 마스터는 무기의 강화였다. 일반 탄환이 폭발 탄환이 되는 것처럼 검으로 바람을 날리고, 창으로 감전시키는 것도 충분히 나올 수 있었다.

"군주기에 듀얼 마스터면 대박이겠네."

"군주기가 흔한 것도 아니고, 안 좋은 것도 많지."

앞에서 로저가 말했다.

"듀얼 마스터는 모든 무기가 군주기가 되는 것이나 다름이 없으니까 말이야. 효율면에서는 더 좋다네."

예를 들어 세버런스에서 불이 나간다고 생각을 해보자. 절대로 부러지지 않는 단검에 광역기가 추가 되는 것이다. 대인전, 대군전 뭐 하나 빼놓을 수 없는 무기가 되어 버린다. 혼은 빨리 2000점을 모아 각성을 해야겠다고 생각했다.

"아, 여기서는 왼쪽으로."

그때 천화가 외쳤다. 월터는 무슨 소리인가 의아해하다가 금방 나오는 갈림길에서 아하~ 하고 손가락을 튕겼다.

"이거 완전 내비게이션이네."

"애 말 듣는 건 잘한 거야."

혼이 끼어들며 말했다.

"애 절대기억이라 미로를 외우고 다니거든. 그래서 같이 다니는 거지. 예쁜 인형으로 들고 다니는 게 아니라."

혼은 마리나를 쳐다봤다. 마리나는 콧방귀를 끼며 고개를 휙 돌렸다.

차로 이동하니 1주일은 걸릴 것 같았던 안전지대가 벌써 코앞이었다. 물론 혼 일행을 태우지 않았으면 마구잡이로 미궁을 여행하는 로저 일행도 하루 만에 안전지대에 도달할 수는 없었을 것이다.

"기름 굳었다~. 기름 굳었다~."

월터는 룰루랄라 노래를 부르며 내렸다. 밤이었기 때문에 안전지대로 들어가는 것은 보류해놓고 있었다. 안전지대가 이름만 안전지대지 다른 미궁에 비해 별반 다를 것이 없었다. 굳이 말하자면 더 위험하다고 해야 할까.

오버로드나 특정 상위 괴수들을 제외하면 인간이 더 위험한 것이 사실이었다. 대부분이 퍼스트 마스터, 혹은 그에 준하는 실력을 가지고 있었기 때문이다. 특히나 안전지대는 모두가 원하는 것이었기 때문에 사람이 없을 리가 없었다.

월터는 차 위에 횃불을 밝히고 텐트를 쳤다. 마리나는 기관총을 관리하고 있었고 천화는 하양이가 밥을 먹는 것을 가만히 보고 있었다. 로저는 혼에게 슬쩍 다가가더니 말을 걸었다.

"애완동물도 데리고 다니나?"

"좋은 거라고 해서."

"그래, 살아있는 백령을 보는 것은 처음이군. 보통 어릴 때 많이 죽지."

로저는 하양이를 백령이라고 불렀다. 백령은 푸른 혈석을 주는 일종의 걸어 다니는 당첨복권이었다. 대부분의 사람들은 백령을 얻자마자 죽여 푸른 혈석을 획득한 뒤 필요한 사람이 나타나면 아주 비싸게 팔아치운다. 가격은 천지차이지만 보통은 대규모 길드가 구입해갔다.

"저렇게 데리고 다니는 걸 보니까 좋군."

"왜? 뺏을 수 있어서?"

혼은 농담 반, 진담 반 섞어 말했다. 로저는 딱히 대꾸를 하지 않았다. 그저 백령을 저렇게 데리고 다니는 것은 위험하다고 생각했을 뿐이다. 백령을 노리는 사람들은 수도 없이 많다. 열쇠와도 바꿀 수 있었으니까.

"그나저나 정말 둘이서만 다니는 건가?"

"그렇지. 뭐. 더 데리고 다닐 사람도 없고."

"우리와 함께 다니지."

로저는 본론으로 들어갔다.

"뭘 보고? 나 싸우는 거 봤어?"

"봤지, 흑수를 죽이는 거. 그거 한 장면만으로도 난 내 눈이 틀리지 않았다고 확신했다. 자네, 신속을 자유자재로 다루는 건가?"

혼은 잠시 입맛을 다시다가 솔직하게 말했다.

"자유자재는 아니야. 간단한 움직인 정도는 컨트롤 하고 있지. 기습을 할 때 검 한 번 더 휘두를 정도의 컨트롤?"

"어쨌든 그것만으로도 충분하지. 그쪽의 파트너도 미궁에서는 가장 필요한 능력을 가지고 있기도 하고. 상부 상조하는 게 어떤가?"

로저는 딱 잘라 서로 필요한 것을 얻자는 것이었다. 혼이 아니더라도 천화는 탐나는 인재였다. 미궁의 길을 다 외우고 있다니. 최고의 무력을 가진 혼과 미궁에서 가장 유능한 길잡이인 천화. 놓칠 수 없었다.

혼은 고민했다. 차라리 신뢰로 맺어진 그룹보다 손익으로 이어진 그룹이 더 나을 수 있었다. 힌켈의 그룹도 그런 식이었다. 로저의 그룹과 힌켈의 그룹이 다른 점은 로저의 그룹에는 차와 실력자들이 있었다는 것이다.

하지만 혼은 이내 고개를 절레 흔들었다.

"다 같이 지내는 건 마음에 안 들어서 말이야."

"그쪽도 차를 타고 다니는 편이 좋지 않나? 게다가 백령을 데리고 다니면 위험할거야."

"그것보다는 사람이 많으면 내 마음대로 할 수가 없어. 게다가 내가 들어가도 리더는 당신 아니야."

"그깟 리더 자네 주지."

로저는 대수롭지 않게 말했다. 혼은 고개를 절래 흔들었다.

"당신 부하들이 그렇게 생각 안하는 게 문제지. 리더가 둘 일수는 없어. 난 리더 아니면 안 해. 그러니까 그 그룹에는 안 들어가."

로저는 아무 말도 하지 않았다. 혼이 하는 말이 맞다. 어떠한 상황이 벌어졌을 마리나와 월터는 분명 로저의 명령을 기다릴 것이다. 하지만 혼은 명령을 내리는 타입도, 듣는 타입도 아니었다.

리더가 없는 그룹은 쉽게 무너진다. 결국 한 그룹이 아닌 혼의 그룹과 동행을 하는 모양새가 될 것이었다. 언제든 깨질 수 있는 그룹은 만들 필요가 없었다.

"이번 안전지대까지는 같이 가자고. 막 말로 안전하지 않을 수 있으니까."

혼은 천화의 옆으로 걸어가 앉았다. 로저는 아쉬움을 뒤로 하고 한숨을 쉬었다.

같은 시각, 안전지대 밖의 정찰대가 월터의 차를 발견했다. 칠흑 같은 어둠속에 횃불이 단 하나만 켜져 있었으니 당연한 것이었다. 한손에는 소총을, 다른 손에는 망원경을 들고 있던 남자는 비열하게 웃으며 말했다.

"여자가 두 명이나 있습니다."

"후, 돼지새끼가 좋아하겠네."

뒤에 서 있던 남자가 미간을 찌푸리며 말했다. 셔츠에 검은 바지, 반 정장 느낌이었다. 현실세계에서도 정장을 유니폼처럼 입고 다니는 사람들이 있었다. 회사원과 조직 폭력배. 두 사람은 후자의 느낌이 강했다.

"기관총이 좀 걸리는데 어떡할까요? 다테 형님."

"사방에서 쏘면 기관총 따위 별거 있겠냐?"

다테는 담배를 쭉 빨고 급하게 불을 껐다.

"돌아가자."

안전지대로 돌아온 두 사람은 당장 안전지대의 주인에게로 향했다. 명목상 두목이었지만 그 누구도 그를 존경하지 않았다.

하지만 이곳의 남자들은 떠나지 않았다. 왜? 그 이유는 단순했다.

'트라이 마스터 새끼가 돌아와서는.'

트라이 마스터란 오러 각성까지 3단계를 달성한 사람들을 말했다. 그리고 트라이 마스터는 미궁의 진정한 시작이라고도 불렸다. 무기 각성과 오러 각성을 달성하면서 얻는 능력도 능력이었지만 트라이 마스터에게는 원(元)이라는 힘이 생긴다. 이 원을 가지고 있는 사람과 없는 사람의 차이는 퍼스트 마스터와 아닌 사람의 차이만큼 컸다.

두목은 이제 막 트라이 마스터가 된 놈이었다. 약한 원을 가지고 있었으나 그것만으로도 아무도 범접할 수 없는 무력을 보여주었다. 이 안전지대에 들어온 남자에게는 복종과 죽음이라는 선택지만 있었고, 여자에게는 개처럼 사육 당하는 일과 죽음뿐이었다.

다테는 두목의 방에 노크를 하고 기다렸다. 안에서는 저음의 남자 목소리가 흘러나왔다.

"들어와라."

다테는 조심히 문을 열고 들어갔다. 퀴퀴한 냄새가 풍겨와 저절로 미간이 찌푸려졌다. 침대 위에는 일주일 전에 안전지대로 들어온 여자가 쓰러져 있었고 살이 뒤룩뒤룩 찐 거구의 백인 남자가 셔츠의 단추를 잠그고 있었다.

"오, 내 친구 다테 아닌가."

"새로운 녀석들이 안전지대 앞에서 야영 중입니다."

"여자 있나?"

백인 남자는 와인을 따라 마시며 물었다. 다테는 살짝 고개를 끄덕이는 걸로 대답을 대신했다.

"으ᄒᄒᄒᄒᄒ."

백인 남자는 와인 잔을 내려놓으며 웃었다. 그리고는 다리를 꼬고 앉으며 말했다.

"그래서 나이는 어떻게 되어 보이든?"

"많아봤자 20대 중반입니다."

"하하하하! 됐어. 그 정도면 좋지. 아주 좋아."

남자는 침대 옆에 놓여있던 도끼를 집었다.

"이년이 지겹던 참이거든."

백인 남자는 말이 끝나기가 무섭게 누워있는 여자의 머리를 도끼로 쪼갰다. 피가 사방으로 튀는 바람에 침대고 뭐고 다 붉게 물들었다. 죽어버린 여자의 양 팔과 다리가 움찔거렸다.

다테는 안광을 번뜩이며 여자를 노려봤다. 과거의 일과 오버랩이 되고 있었다. 돼지는 다테의 표정을 보더니 너털웃음을 터트리며 말했다.

"이봐, 다테. 아니라고. 아니야. 네 동생 년은 이렇게 죽지는 않았어. 내가 말하지 않았나? 그 년이 먼저 덤벼서 어쩔 수 없었다고."

"아, 잘 알고 있습니다."

다테는 오랫동안 갈고 닦아온 가면을 썼다. 웃는 얼굴의 가면을.

"그래, 그래. 그래서 이번에는 예쁜가?"

❋

다음 날, 월터는 차를 몰고 안전지대 안으로 향했다. 마리나는 혹시 있을 일을 대비해서 기관총 위에 올라 타 사방을 노려보고 있었다. 기습공격이라도 들어오면 다 죽여 버리겠다는 분위기였다.

작은 안전지대였다. 저 멀리 벽에 딱 달라붙어 지어진 2층 목조건물이 가장 먼저 눈에 들어왔다. 누군가 정착해 살고 있는 것을 알 수 있었다. 사방에는 천막식 텐트가 쳐져 있었고 중앙으로 길이 나 있었다.

"평범한데? 아니, 이상한 건가?"

월터가 사방을 둘러보며 말했다. 몇몇 남자들이 밖으로 나와 차를 신기한 듯 쳐다보고 있었지만 그것뿐이었다. 이렇게 안전지대에 사는 사람들이 이방인을 경계하지 않는 것도 이상한 일이었다. 혼은 세버런스를 만지작거리다 천화에게 말했다.

"마음에 안 드는군."

혼은 천화에게 살짝 귓속말로 속삭인 뒤에 사방을 돌아봤다.

"왜 그러세요?"

"이상하지 않나? 보통 이렇게 긴장을 안 하지는 않지."

혼은 인상을 찌푸렸다. 보통의 안전지대, 즉 평화로운 안전지대의 경우 외부인을 경계하기 마련이다. 하지만 이곳의 남자들은 너무나도 태연하게 차를 노려보고 있었다. 마치 먹잇감을 노려보듯.

"잠깐, 잠깐."

입구에서 조금 들어가자 턱수염이 난 동아시아인이 나타나 차를 멈췄다. 월터는 창밖으로 머리를 빼내고 물었다.

"뭡니까?"

동아시아인은 다테였다. 다테는 한숨을 쉬더니 트럭 뒤의 기관총을 가리켰다.

"그런 걸 들고 마을의 중심부로 가게 할 수는 없습니다."

"우리 그냥 지나가려고 하는데, 좀 봐줘."

월터가 말했다. 솔직히 말하자면 좀 제대로 텐트를 펼치고 맘 놓고 목욕도 하면서 쉬고 싶었지만 그럴 분위기가 아니었다. 아니, 정확히 말하면 분위기는 나쁘지 않았다. 다만 알 수 없는 위화감이 로저 일행을 불안하게 만들었다.

"그럼 적어도 사수를 앞에 태우세요. 안 그러면 못 보냅니다."

"뭔 개소리야? 닥치라고 해."

마리나가 월터에게 말을 전했다. 월터는 혀로 입술을 적셨다. 저쪽의 걱정도 이해가 가는 부분이었다. 이방인이 중무장으로 하고 마을에 들어오는 것이 달갑지는 않을 것이다. 하지만 마리나가 앞에 타게 된다면 기습 공격에서 차를 지킬 방도가 사라지게 된다. 월터는 로저에게로 선택권을 넘겼다.

"어떡하죠? 대장."

"내릴 수는 없어. 어쩔 수 없는 경우 다 죽이고라도 지나간다."

"하긴 우리가 위험을 감수할 수는 없으니까."

월터는 다테에게 말했다.

"요구조건은 들어줄 수 없다. 비키든가 아니면 싸우든가 마음대로 하라고."

월터는 강하게 말했다. 다테는 잠시 생각을 했다. 그는 손을 들며 말했다.

"잠시, 시간을 주겠나? 두목한테 물어보고 오지."

"오래 걸리면 그냥 지나갈 테니 그렇게 알라고."

"오래 안 걸린다."

다테는 몸을 돌려 몇 걸음을 가다가 갑자기 달리기 시작했다. 월터는 다테의 뒷모습을 보며 로저에게 농담을 건넸다.

"오래 안 걸리겠네요. 하하."

펑!

농담이 끝나자마자 불길과 함께 차가 반으로 갈라져 날아갔다. 차에 타고 있던 혼을 비롯한 마리나와 천화까지도 공중으로 치솟았다. 혼은 공중에서 몸을 틀어 천화를 잡고 겨우겨우 땅에 착지했다. 마리나는 바닥을 데굴데굴 구르다가 힘겹게 손으로 땅을 짚고 상체를 일으켰다.

"씨발, 뭔 일이야?"

월터는 운전자석 안에 기절해 있었고, 로저는 차문을 박차고 빠져나오고 있었다. 총이나 창, 검을 든 무장한 남자들이 주위를 둥그렇게 둘러쌌다. 혼 덕분에 안전하게 착지한 천화는 주머니속의 하양이가 무사한 것을 확인하고 마리나에게로 달려갔다.

"괜찮으세요?"

"제길. 다리가 나갔어."

마리나는 그렇게 말하며 혈석을 입에 넣었다. 치료까지는 얼마 걸리지 않지만 한번 부러졌던 뼈는 꽤나 약화되어 있는 상태였다.

혼은 머리를 긁적이며 땅에 난 구멍을 봤다. 땅굴을 파놓고 누군가가 대기하고 있다가 폭탄을 설치한 것이다.

덕분에 기관총은 쓸 수 없게 되었다. 게다가 포위라니, 상황이 꽤나 좋지 않았다. 애초부터 이들은 혼의 일행이 올 것을 알고 있었던 것이다. 차가 있다는 것을 확인하고 그에 맞는 작전을 짠다. 자신들의 전력을 과대평가 하지 않고 가장 안전한 방법을 택한 것이다.

"반항하지 않으면 살려주마."

다테가 팔짱을 끼며 말했다. 얼핏 보아도 숫자가 한 50
은 되어보였다. 혼은 그냥 도망칠까 생각을 해보았다. 천
화만 쏙 데리고 도망치려면 못갈 것도 없었다. 덩치 좋은
남자 둘과 금발 누님까지 데리고 갈 수는 없겠지만.

혼은 가만히 생각에 빠졌다. 과연 어떤 것이 이득일까.
로저의 일행을 살리는 것? 아니라면 그냥 도망을 치는
것? 재볼 필요도 없었다. 혼은 천화를 공주님 안기로 안아
들고는 말했다.

"뭐, 뭐하는 거예요?"

"우린 도망친다."

혼은 무덤덤하게 말했다. 천화는 마리나를 쳐다보고 혼
을 다시 보았다. 혼은 천화가 무슨 말을 하고 싶은지도 알
고 있었다. 하지만 그녀의 부탁을 들어줄 만큼 상황이 여
유롭지 않았다. 막말로 저 50명 중에 30명만 퍼스트 마스
터여도 이 싸움은 장담할 수가 없었다.

혼이 첫발을 딛으려는 순간 인파 사이로 덩치 큰 백인
남자가 나타났다. 살이 뒤룩뒤룩 찐 남자는 역겨운 미소
와 함께 말했다.

"어, 어! 그거 내려놔. 빨리. 이제 내거니까."

남자는 내려놓으라는 손짓을 하며 혼에게 말했다. 혼
은 신경 쓰지 않았다. 신속을 최대치로 끌어올려야 했
다.

"수호설로 너 보호해라."

혼은 그렇게 말하고 신속을 발동했다. 그런데 그 순간 다리가 멈췄다. 뇌의 명령을 다리가 거부하듯 꿈쩍도 하지 않았다.

"내려놓으라니까."

남자는 걸어 나왔다. 로저도 반격을 해보려고 했지만 역시나 혼처럼 움직일 수 없게 되었다. 남자는 혼의 바로 앞까지 와서 주먹을 날렸다. 혼은 아무 생각도 하지 않고 고개를 옆으로 움직여 피했다.

'움직임을 막는 능력은 아닌가?'

"뭐야? 움직였어?"

백인 남자는 어이가 없다는 듯 피식 웃고는 민망한 듯 주먹을 털었다. 그리고는 포기한 듯 천화를 받아들었다. 천화도 반항을 해보려고 했으나 마음대로 움직일 수가 없었다.

혼은 천화를 빼앗기 않기 위해 다리를 움직여보았지만 굳은 것처럼 그대로 서 있을 뿐이다.

'움직임을 막는 것이 아니라면. 명령을 내릴 수 없게 만드는 것인가?'

혼은 남자의 능력을 알아내고 있었다. 움직임을 막지는 않지만 움직일 수 없게 만드는 능력. 모순되어 보이는 이 상황에는 답이 있었다. 혼은 빠르게 백인 남자가 가지고 있는 능력을 알아냈다.

'뇌파간섭.'

모든 명령은 뇌가 내리는 것이었다. 뇌가 내리는 명령을 사전에 차단한다면 신체는 움직이지 않는다. 무의식 중 주먹을 피했을 때 백인 남자가 혼의 움직임을 제약 못한 이유도 그것이었다. 뇌가 내린 명령이 아니라 몸 그 자체가 반응했기 때문이다.

하지만 능력을 알았다고 해서 어떻게 할 수 있는 상황이 아니었다. 여전히 뇌가 내리는 명령을 신체가 무시하고 있었다.

"하하하! 이번에는 월척이구만. 잘했네. 다테. 이번에는 널 위해 좀 남겨두지."

다테는 고개를 끄덕이고는 주위의 남자들에게 명령을 내렸다. 남자들은 쇠사슬을 가지고 와 혼과 로저, 그리고 월터를 묶었다. 혼은 일단 백인 남자가 사라지기를 기다렸다. 움직일 수 없는 상황에서 할 수 있는 것은 없었다.

'별 해괴한 능력이 다 있군.'

만약 백인 돼지의 능력이 뇌파간섭이라면 그것은 퍼스트 마스터의 능력이 아닐 것이다. 자신의 신체를 변형, 혹은 강화하는 것이 퍼스트 마스터의 능력이라면 뇌파간섭은 그 범주에서 벗어난다. 그렇다고 듀얼 마스터도 아니다. 듀얼 마스터의 능력은 무기로 국한되기 때문이다.

그렇다면 트라이 마스터.

'제대로 걸렸네.'

백인 남자가 사라지고 몸 상태는 정상으로 돌아왔지만 이미 쇠사슬에 다리까지 꽁꽁 묶인 상황이었다. 혼과 로저, 그리고 월터는 그대로 목조건물 지하의 감옥에 갇혔다. 젖은 바람이 정막을 훑고 지나갔다. 천장에서 물방울이 땅으로 떨어지는 소리가 조금 크다고 느낄때즈음 로저가 입을 열었다.

"이거 야단났군."

혼은 고개를 끄덕이며 동감했다.

"그래도 죽이지 않고 가둔 게 어디야?"

"고문해서 점수나 뱉어내라고 하겠지. 아마 그러고 죽일 거야."

로저가 익숙하다는 듯 말했다.

"참고로 이게 3번째로 잡힌 거네. 첫 번째로 잡혔을 때는 동료 중 2명이 죽었지."

"그거 참 힘이 되는 경험담이군."

혼은 비꼬듯 말했다.

"여자들이 걱정이군."

로저의 말에 혼은 침묵했다. 혼도 천화 걱정을 하고 있던 참이었다. 쇠사슬을 풀기 위해 노력은 해보았지만 가속을 할 수 없기 때문에 쉽지 않았다.

"이봐, 로저. 능력이 뭐야? 이것 좀 풀어보지."

로저는 고개를 절래 흔들었다.

"내 능력은 방어형이야. 이걸 끊기는 좀 역부족일 거 같군."

"월터는?"

"월터는 퍼스트 마스터도 아니야. 점수는 나와 마리나에게 몰아줬지. 메카닉이니까."

혼은 진심으로 한숨을 쉬었다.

그때 감옥으로 한 남자가 걸어 내려왔다. 그것은 다테였다. 다테는 감옥에 갇힌 혼과 로저의 앞에 멈춰 서서 말했다.

"운이 안 좋군. 여기 들어오다니."

"안전한 곳이 어디 있겠냐. 이 망할 미궁에."

로저는 씁쓸하게 말했다. 다테는 쭈그려 앉아 다른 이들과 눈높이를 맞췄다. 그리고는 진지한 얼굴로 말했다.

"폭발이 있을 걸 알고 있었나?"

다테는 로저와 혼, 둘 다에게 묻고 있었다. 로저는 솔직하게 고개를 절래 저으며 말했다.

"글쎄, 뭐가 있을 건 알고 있었지만 그게 폭탄일 줄이야."

"몰랐다."

혼도 솔직하게 말했다. 괜히 여기서 허세를 부릴 필요
는 없었다. 다테는 두 사람의 말에 미간을 찌푸렸다.

"근데 너희 둘은 다치지 않았다. 그리고 너 동양인, 너
는 피하기까지 했지. 어떻게 한거지?"

다테는 혼을 찍어 말했다. 혼은 어깨를 으쓱하며 말했
다.

"풀어주면 말해주지. 일본인."

"내가 일본인인건 어떻게?"

"생긴 게 일본인이야."

혼의 말에 로저가 피식 웃었다. 쟈신의 눈에는 혼이나
다테나 똑같은 아시아인으로 보일 뿐이었다.

"뭐, 그건 상관없는 일이고. 너희 전원 퍼스트 마스터인
가?"

"여기 누워 있는 놈을 빼면 그렇다고 할 수 있지."

혼이 대답했다. 다테는 진지하게 생각에 잠겼다. 혼은
그런 다테의 모습에서 그의 생각을 엿볼 수 있었다.

"너 반란을 꿈꾸는구먼."

다테는 당황한 눈으로 혼을 쳐다봤다. 혼은 지금이 기
회다 싶어 말을 꺼냈다.

"네놈 대장의 능력은 뇌파간섭이고. 맞지?"

"용케도 그런 걸 다 알아냈군."

"사슬이나 풀어줘. 그럼 더 좋은 걸 해주지."

다테는 고개를 갸웃거렸다. 혼은 그에게 말했다.

"난 단 한 번도 의뢰를 실패한 적이 없거든."

다테는 잠시 생각했다. 그리고는 고개를 절래 저었다. 말은 멋지게 하고 있지만 결국 아가 혼도, 로저도 꼼짝없이 당하지 않았었나. 불확실에 인생의 목표를 걸 수는 없었다. 다테는 자리에서 일어나더니 말했다.

"나중에 다시 오지."

그렇게 다테가 가자 혼이 쳇하고 혀를 찼다.

"영업실패군."

로저는 무덤덤하게 말하는 혼을 어이없다는 듯이 쳐다봤다. 아무리 강하더라도 잡힌 이 순간까지 농담할 여유가 있다는 것은 이해할 수가 없었다.

그 순간 혼이 벌떡 일어났다. 사실은 양손과 양발을 같이 묶고 있었기 때문에 절대로 똑바로 일어날 수 없게 되어 있었다. 혼은 양손을 들어 보이며 말했다.

"사슬이나 가져와 봐."

혼의 손에는 세버런스가 들려 있었다.

❊

백인 남자는 어깨에는 마리나를, 옆구리에는 천화를 끼고 침실로 들어갔다. 마리나와 천화는 그제야 제대로 움직일 수 있게 되었다. 백인 돼지는 껄껄껄 웃으며 테이블에 가 앉았다.

"반갑네. 아가씨들. 나는 코디 그라헴이라고 하지."

천화는 마리나와 눈빛을 나누었다. 두 사람은 잠시 갈등했다. 몸이 움직일 때 코디라는 놈을 공격하고 혼과 로저, 그리고 월터를 구출해 나가는 것이 어떨까 하는 생각이었다. 하지만 승산이 너무 낮았다.

그렇다면 시간을 끌어야했다. 마리나는 천화에게 기대할 것이 없다는 것을 알고 있었다. 행동거지나 말하는 게 남자를 한 번도 경험해 보지 못한 어린 아이였다. 마리나는 전쟁터에서 몸을 막 굴리며 살아왔다. 이렇게 잡힌 적은 없었지만 변태 같은 남자놈들의 생각쯤이야 아주 잘 알고 있었다.

"가만히 있어. 내가 알아서 할 테니까."

마리나는 코디가 앉은 테이블에 가서 앉았다. 이 와인은 마실 수 없었다. 와인자체는 같이 나눠마신다고 하지만 컵에 어떤 약품이 발라져 있을지 몰랐다. 마리나는 앞으로 몸을 내밀었다. 러닝셔츠 사이로 가슴골이 드러나게 한 것이다.

마리나는 최대한 요염한 표정과 자세로 코디를 유혹했다. 어차피 피할 수 없다면 자신이 원하는 방향으로 이끌어야만 했다. 당장 코디가 천화부터 덮쳐버리겠다고 계획에서 어긋난다.

코디의 시선은 음흉하게 마리나의 가슴골로 박혔다. 마리나는 미소를 지었다.

'웃는 것도 어쩜 저렇게 역겨울까.'

마리나는 금방이라도 쭈그러들 거 같은 얼굴근육을 붙잡았다. 코디는 참을 수 없다는 듯이 자리에서 일어났다. 마리나도 동시에 일어나더니 천화를 향해 눈신호를 보냈다. 무슨 일이 일어나면 도망치라는 뜻이었는데 전달이 되었는지 모르겠다.

"이야~ 뭘 좀 하는 여자가 들어왔네. 꺅꺅거리는 년들이 슬슬 짜증났었는데 말이야."

코디는 컥컥거리며 웃었다. 마리나는 그런 코디의 목에 팔을 둘렀다. 코디는 그대로 마리나를 벽으로 밀어붙였다. 천화는 마리나에게 꿍꿍이가 있다는 것을 알고 있었으나 걱정되는 것은 어쩔 수 없었다. 천화는 여차할 경우에는 달려들 생각으로 한 손에 수호설을 몰래 숨겨놓고 있었다.

코디는 안면에 커다란 미소를 지으며 마리나의 목으로 입술을 가져갔다. 코디가 자신의 얼굴을 볼 수 없자 마리나는 똥 씹은 표정을 지으며 천화에게 입술로 말했다.

'도망쳐.'

그와 동시에 마리나는 입을 최대한 크게 벌려 코디의 목을 물었다.

"윽, 이 년이!"

"왜? SM 플레이 싫어해? 난 좋아하는데 말이야. 어느 쪽도."

코디가 험상궂은 얼굴로 고개를 들자 마리나가 능청스럽게 말했다. 천화는 그와 문을 발로 걷어차며 나갔다.

"남자들 데려올게요!"

천화가 할 수 있는 일이라고는 고작 그것뿐이었다. 괜히 자신이 코디에게 덤볐다가 제압을 당하면 뒤가 없었다. 이럴 때에는 좀 멀리 돌아가더라도 더 확실하게 마리나를 구할 수 있는 방법을 택해야 했다.

"저 년이!"

코디는 짜증이 섞인 얼굴로 능력을 사용했다. 뇌파간섭으로 천화의 발을 묶을 생각이었다. 하지만 생각처럼 집중이 잘되지 않았다.

"왜? 어지러워?"

마리나가 깔깔거리며 웃었다.

"넌 이미 중독됐거든. 나한테."

그녀는 요염한 미소와 함께 유유자적 걷기 시작했다.

마리나의 신체 각성은 독이빨이었다. 군대에 있으며 여

자라는 것을 때로는 비참하게, 때로는 강력한 무기라 생각했던 그녀에게 생긴 무기였다. 그녀가 깨문 적은 독에 중독되어 점점 힘이 빠지다가 20분 내로 죽는다.

"날 안고 살아나간 개자식은 없지."

마리나는 미소를 지으며 말했다. 코디는 마리나를 보며 머리를 부여잡았다.

"개 같은 년이 날 속였어."

"원래 이 미궁에서는 속은 놈이 잘못이라는 말 못 들었어?"

"크크크, 재밌어."

코디는 손을 펴보였다. 그곳에는 아주 작은, 하지만 확실하게 푸른색을 띄고 있는 혈석이 들려 있었다.

"푸른 혈석의 값만큼 가지고 놀아주지."

마리나는 예상치 못한 전개에 화들짝 놀라 아주 잠시 멈춰있었다. 그것이 화근이었다. 마리나는 푸른 혈석을 뺏기 위해 달려들었지만 이미 코디는 푸른 혈석을 입에 넣은 뒤였다.

"제길!"

코디는 곧 바로 마리나의 목을 손으로 잡아 일어났다.

"좋아. 아주 좋아. 이런 상황도 꽤나 흥미롭지."

"크윽."

마리나는 말을 못하고 버둥거렸다.

"나도 좋아하네. SM플레이. 내가 엄청난 S거든. 즐겁
게 놀아보자고."

❖

다테는 여자들이 있는 코디의 방으로 향했다.

'이건 하면 안 된다. 무리다.'

다테는 천화의 얼굴을 떠올렸다. 과거 여동생과……,
닮지는 않았다. 하지만 그 또래의 동양인 여자만 보면 동
생이 떠오르는 것은 어쩔 수 없었다.

다테는 여동생과 함께 시험을 통과해 반대편의 미로에
왔다. 그리고 이 안전지대까지 둘이서 헤쳐 나왔다.

코디를 만난 것은 이 안전지대였다.

다테와 그의 여동생이 들어왔을 때는 코디와 몇몇 남자
들뿐이었다. 다테는 남자들과 코디의 표정을 보고 자신의
여동생을 노리고 있다는 것을 알아차렸다. 퍼스트 마스터
이며 나름 일본에서 주먹으로 유명했던 다테였다. 미궁에
들어와서도 한 번도 패한 적이 없으며 중앙도시에서도 A
등급을 받았었다.

다테는 남자들을 상대로 맹렬하게 싸웠다. 뒤에서 여동
생도 보조를 맞춰주었다.

하지만 코디는 이길 수 없었다.

과거 유명한 길드의 간부까지 하던 코디였다. 다테는 쉽게 제압을 당했고 여동생은 끌려갔다.

그런데 다테가 어떻게 살아있나. 그것은 여동생 덕분이었다.

그때부터 코디의 여자가 된 여동생은 다테에게 싸우지 말고 기회를 보자고 말했다. 여동생은 아무렇지 않은 척 아양도 떨고, 애교도 부리며 코디의 비위를 맞추었다. 덕분에 다테도 코디 일당에 합류할 수 있었다.

다테와 그의 여동생은 탈출을 준비하고 있었다. 새로운 여자가 들어오기 전까지.

새로운 여자가 안전지대에 나타나고 다음 날, 다테의 여동생은 머리가 쪼개진 채 발견되었다.

코디는 여동생이 자신을 죽이려고 달려들어서 죽였다고 했다. 하지만 다테는 그럴 리가 없다는 것을 알고 있었다.,

같이 탈출을 준비하고 있었다. 분명히 같이 살아나가자고 했었다.

다테는 그 순간 코디에게 달려들 뻔 했다. 하지만 여동생의 죽음 앞에서 그는 더 냉철해졌다.

언젠간 녀석을 죽이겠다. 하지만 지금은 아니다. 지금은 덤빌 수 없다.

그때 다테가 한 말은 이거였다.

"코디 두목한테 덤비다니. 그년이 미쳤었나보네요. 잘
죽이셨습니다."

살아서 복수해야 한다. 어떻게든 살아남아 저 돼지의
목에 검을 쑤셔 넣어야겠다는 생각뿐이었다.

"지금은 아니야."

다테는 한숨을 쉬었다. 천화의 얼굴을 보는 순간 여동
생의 모습이 보였다. 닮은 구석이 하나도 없지만 그의 심
장을 아리게 만들었다.

"지금은……."

그때 저 멀리서 천화가 달려왔다.

다테는 자신의 문을 믿을 수 없었다.

그 코디의 방에서 도망쳐 나왔다고? 지금까지 1년이 넘
게 이곳에 있었지만 누군가가 코디의 마수에서 도망친 것
은 처음이었다.

천화는 다테를 발견하고 이를 악물었다. 한시가 급한
지금 다테에게 발목을 잡힐 수는 없었다. 살인은 취향
이 아니었지만 미궁에 사는 인간인 이상 피할 수 없는
것이었다. 천화는 다테를 죽일 생각으로 수호설을 빼들
었다.

다테는 본능적으로 손을 들어 천화를 막았다. 천화는
자신을 막으려는 수호설을 휘둘렀다.

"크윽."

다테는 천화의 손을 잡고 그녀를 진정시키려 했다.

"잠깐만. 잠깐만!"

사정을 봐줄 상황도, 필요도 없었다. 폭탄부터 납치까지 전부 이 남자가 설계한 것이기 때문이다. 아니었다면 정확하게 트럭을 땅굴이 있는 장소에 세울 수 있었을 리가 없다.

천화가 공격을 멈추지 않자 다테가 양손을 번쩍 들었다.

"얘기 좀 해보자."

다테의 돌발행동에 천화는 공격을 멈추었다. 기만작전인가? 그것이 아니라면 이 남자는 목숨을 걸고 자신을 설득하는 것이었다. 천화는 급하게 말했다.

"그럼 비키세요. 빨리 지나가야합니다."

천화는 그 코디의 방에서 빠져나왔다. 혼과 로저는 폭발에서도 상처 하나 없이 빠져나왔으며 코디의 공격을 피하기까지 했다.

의외로 희망이 있을 수도 있다. 이 녀석들은 적어도 요 1년간 이 안전지대에 들어온 사람들 중 가장 강한 그룹이었다. 천화, 이 여자가 빠져나왔다는 것은 남은 여자가 코디에게 무슨 짓을 해도 했다는 뜻이었다.

'지금일 수도 있다.'

다테는 그렇게 생각했다. 지금이야말로 코디에게 복수의 칼날을 쑤셔 넣을 기회일지도 모른다.

"이야, 유천화. 탈출했네?"

혼이 피 묻은 손으로 다가오고 있었다. 그 뒤로는 로저와 이제 막 깨어난 듯한 월터가 서 있다. 다테는 귀신을 본 것처럼 굳어버렸다. 하지만 속으로는 만세를 외치고 있었다.

"어떻게?"

"어떻게가 중요한가? 빠져나온 게 중요하지."

혼은 어깨를 으쓱하더니 정색하며 말했다.

"자, 그럼 한 가지만 물어보지. 네 녀석이 배신하려는 이유가 뭐냐?"

상당히 중요한 것이었다. 모든 인간은 동기가 있어야 움직이기 마련이다. 동기가 무엇이냐에 따라 다테를 믿을 것인지, 아니면 믿지 않을 것인지가 결정되었다.

다테는 혼과 로저를 보고 생각을 굳혔다.

지금이다. 지금이야말로 꽁꽁 숨겨왔던 복수의 칼날을 꺼낼 때였다.

"녀석이 내 여동생을 죽였다. 1년도 더 된 일이지."

다테는 더 이상 설명을 할 수 없었다. 분노가 목을 막았다.

혼은 다테를 뚫어지게 쳐다보다가 고개를 끄덕였다. 거짓말은 아닌 듯싶었다. 인간의 신체, 특히 얼굴의 미세 근육은 거짓말을 할 때 부자연스러운 움직임을 보이기 마련

이었다. 일반인들은 알아차릴 수 없을 정도의 미세한 움직임이지만 혼은 그것을 잡아낼 수 있었다,

"좋아. 돼지는 어디 있지?"

"그, 그걸로 된 건가?"

"난 마음을 보는 눈을 가졌거든."

혼은 장난스럽게 눈을 가리키며 말했다. 천화는 손가락으로 한 방향을 가리켰다.

"급해요. 빨리 와요. 마리나씨가 위험해요."

"아니, 나만 간다."

혼은 그렇게 말하고는 로저와 다테에게 말했다.

"너희는 밖에 녀석들을 정리해."

로저는 고개를 끄덕였다. 천화는 당연하다는 듯 혼을 뒤따라가려 했지만 혼이 말했다.

"수호설 필요 없어. 다른 사람들 도와."

"그래도 엄청 강하잖아요. 그 돼지."

"걱정 마."

혼은 미소를 지으며 말했다.

"나만 믿어."

말이 끝나기가 무섭게 혼은 어디론가 사라졌다. 천화는 한숨을 쉬더니 로저와 다테에게 말했다.

"그럼 여러분은 빨리 움직이세요. 저는 할 게 있어요."

혼은 빠르게 코디가 있는 방으로 향했다. 방에서는 철썩거리는 채찍의 소리와 흘러나오는 여자의 신음소리가 들리고 있었다. 혼은 슬쩍 문 사이로 어떤 상황이 벌어지고 있는지를 확인했다.

"아프겠군."

마리나가 침대에 손이 묶인 채 채찍에 얻어맞고 있었다. 혼은 서두르지 않았다. 맞는 상처는 다 뒤에 받을 상처보다는 덜 아릴 것이다. 혼은 두 가지 방법을 생각했다. 이대로 신속으로 기습을 하는 것과 몰래 다가가 목을 썰어버리는 것.

어느 쪽도 위험부담은 있었다. 몰래 다가가다 들킬 경우 뇌파간섭에 굳어버릴 것이다. 신속을 사용해 기습을 할 경우 첫 번째 공격이 빗나가는 순간 게임 오버가 되는 것이다.

'잘하던 걸 해야지.'

신속은 얻은 지 몇 개월 밖에 안 되는 능력이었다. 하지만 인기척을 지우는 기술은 그가 10년 넘게 갈고 닦아온 특기 중의 특기였다. 혼은 숨소리조차 숨기고 코디의 뒤로 향했다.

죽인다는 생각조차 하지 않는다. 그것은 은신술의 기본이었다. 최후의 최후까지 살의를 숨겨야만 적이 알아차리지를 못한다. 혼은 코디의 뒤에 섰다. 그리고 세버런스로

경동맥을 공격했다.

'끝이다.'

세버런스가 코디의 목을 찌르는 순간 무언가가 팅 하고 막아섰다. 이후 코디가 고개를 매섭게 돌리며 혼을 노려봤다. 아무리 강력한 보호막이나 피부더라도 세버런스로는 뚫을 수 있을 것이라 생각했다. 하지만 코디의 피부는 단단함의 수준을 넘어서서 금강석의 느낌이었다.

'신체각성이구나.'

뇌파간섭이라는 능력은 아마도 오러 각성에서 오는 능력일 것이다. 그렇다면 그보다 싼 신체 각성과 무기 각성은 당연히 했다고 보는 것이 옳았다. 다만 혼은 세버런스라면 몸의 강화 정도는 뚫어줄 것이라고 생각했을 뿐이다.

"귀여운 짓을 하는구나."

코디가 곧바로 뇌파간섭을 사용했다. 혼은 더 이상 사지에 명령을 내릴 수 없는 상태가 되었다. 코디는 채찍을 놓고 천천히 걸어왔다.

"어떻게 감옥에서 빠져나왔는지는 차근차근 듣도록 하지."

혼은 속으로 한숨을 내쉬었다. 이렇게 될 것도 예측은 하고 있었고, 만약 들켰을 때 어떻게 해야겠다는 것도 정해놓았다. 하지만 그것은 불확실 요소였다. 뇌파간섭이 능력이라면 뇌파를 사용하지 않으면 된다.

이름하여 무아지경.

혼은 감정을 고조시키고 있었다. 무아지경이라는 것은 극도의 흥분이나 어떠한 목적을 향한 갈망이 만들어내는 것이었다. 항상 냉정을 유지하는 혼에게는 먼 이야기였다. 허나 혼에게는 연기라는 기술이 있었다.

분노를 이끌어내라.

혼은 인간이 가장 큰 분노를 느끼는 상황이 언제인지를 알고 있었다. 그것은 바로 나의 무언가가 남에게 파괴되었을 때다.

누군가가 나의 사랑하는 사람을 뺏어 갔을 때, 누군가가 나의 자존심을 부셨을 때, 누군가가 나의 가족을 건드렸을 때.

모든 분노의 시초는 자신의 것을 누군가가 침범했을 때이다. 지금 혼은 자신이 가진 모든 것을 코디에게 빼앗겼다고 최면을 걸고 있었다.

궁극의 연기란 현실과 가상을 착각하는 곳에서 온다. 혼은 이윽고 혼이 아닌, 코디에게 모든 것을 빼앗긴 A가 되었다.

혼의 머리 위에서 용의 이빨과 용의 발톱이 떨어졌다. 혼은 그 두 개를 받아들고 코디를 쳐다봤다.

"움직였어?"

코디가 당황한 듯 중얼거렸다. 뇌파간섭은 아직도 유지

되고 있었다. 뇌파간섭을 하는 동안은 상당한 정신력이 소모되기 때문에 쉽게 움직일 수 없었다. 그렇기 때문에 코디는 뇌파간섭이 제대로 작동하는지, 안 하는지를 알 수 있었다.

뇌파간섭이 제대로 작동하고 있음에도 혼은 움직이고 있었다. 코디는 이를 악물고 더욱 더 뇌파간섭을 강하게 뿜었다. 그럼에도 혼은 아주 쉽게 움직였다.

혼의 속은 오로지 분노로만 가득 차 있었다. 아마 생각도 들지 않았다. 뇌가 명령을 내리기 전에 온 몸이 코디를 적으로 생각하고 있었다.

야생의 동물들은 맹수에게 습격을 받을 때 맞서 싸워야 할지, 아니면 도망쳐야 할지를 본능적으로 선택한다.

혼의 상태도 그러했다. 본능적으로 코디를 죽이려 하고 있었다.

"제길."

코디는 뇌파간섭을 포기했다. 뇌파간섭을 하지 않더라도 원이 있는 자신이 유리할 것은 뻔했다.

"으아아아!"

혼이 괴성을 질렀다. 그와 동시의 용의 무구, 발톱과 이빨이 붉은 색으로 변했다. 혼이 검을 휘두르자 붉은 참격이 코디에게로 날아갔다.

"군주기?!"

코디는 몸을 강철처럼 강화시켜 막았다. 그러나 충격은 그대로 들어왔다. 코디는 이를 악물고 반격을 하기 위해 가드를 풀었다.

"망할 자식이!"

그러나 혼은 이미 코디의 눈앞에서 사라진 뒤였다.

"제길!"

코디는 급하게 몸을 돌렸다. 혼은 뒤쪽에서 크게 검을 휘둘렀다. 코디는 혼의 공격에 맞고 저 멀리 날아가 박혔다. 나무먼지가 자욱하게 일어났고, 혼의 공격은 멈추지 않았다. 코디는 신속과 함께 공격하는 혼에게 정신없이 당하기만 할 뿐이었다.

"이 망할 자식이!"

코디는 괴성을 지르며 오러를 방출했다. 혼은 살짝 밀려 뒤로 밀려났지만 딱히 충격을 받은 것은 아니었다.

코디는 이마와 목에 힘줄을 세우며 혼에게 외쳤다.

"당장 끝내주마."

코디은 손에 힘을 모았다.

"벼락에 맞아 죽어라."

코디가 양손을 위로 들었다가 내려찍었다. 그러자 하늘이 어두워지더니 심상치 않은 분위기가 연출되었다.

이윽고 수백 개의 번개갈래가 혼에게로 떨어졌다.

원이라는 것은 인간이 범접할 수 없는 강력한 힘을 말

했다. 다테가 지금까지 코디에게 덤빌 수 없었던 이유도 그것이었다.

"으하하하하! 죽어라!"

번개폭풍을 맞고 살아남을 수 있는 사람은 없었다. 제아무리 빠르다 하더라도 내리 꽂히는 번개를 전부 피할 수는 없을 것이었다. 코디는 떨어지는 번개를 보면서 숨이 넘어가도록 웃었다.

"혼씨!"

번개가 혼을 치기 바로 직전, 뒤에서 천화가 뛰어나왔다. 그와 동시에 혼에게는 수호설의 보호막이 쳐졌다.

"쿠오오오!"

혼은 번개를 뚫고 코디 앞에 나타났다. 혼은 상처 하나 없이 깨끗했다. 한참을 웃던 코디는 마하에 가까운 속도로 날아오는 혼을 막을 수도, 피할 수도 없었다.

혼은 거의 검은 색으로 변한 검으로 코디의 목을 찔렀다. 속도가 더해지자 강철 같은 피부도 어쩔 수가 없었다. 코디는 컥컥거리며 혼을 노려봤자.

"으……, 으극."

뭐라고 말은 하려고 하는 듯싶었지만 이미 성대가 손상되어 말이 나오지 않았다. 혼은 마지막 일격을 날리고 정신을 차렸다. 혼이 정신을 차리기가 무섭게 용의 무구가 다시 하얀색으로 돌아왔다.

"하아, 하아."

혼은 지쳐있었다. 체력 배분이라는 것도 없고, 공격을 받아도 직진을 했던 이상한 전투였다. 무아지경의 상태에서 신속을 사용해가며 싸웠기 때문에 근육이 비명을 지르고 있었다.

"수호설이었지?"

혼은 자신에게 되물으며 주위를 둘러보았다. 번개폭풍에서 그를 지켜준 것은 천화의 수호설이었다. 수만 볼트의 번개폭풍을 수십 대를 맞았음에도 상처가 하나도 없다는 것은 천화가 그 공격을 전부 대신 받아줬다는 뜻이었다.

풀썩.

멀지 않은 곳에서 누군가 쓰러지는 소리가 났다.

그곳에는 흰 머리의 여자가 누워있었다. 혼은 천천히 걸어가 흰 머리의 여자를 집어 들었다.

"후."

혼은 한숨을 내쉬었다. 천화였다. 천화는 실눈을 떠 혼을 보고는 힘겹게 말했다.

"진짜……, 진짜……, 정말로……, 아팠어요."

혼은 어이가 없어 피식 웃었다.

극심한 스트레스에 머리카락이 전부 하얗게 세 버렸다는 일화가 있었다. 정신적은 충격을 전부 버텨낸 천화도 그것과 같은 상황이었다. 스트레스와 정신적인 충격이 멜라닌 색소를 전부 죽인 것이다.

"미련하게."

"마리나씨도 있어서 어쩔 수가……."

천화는 그렇게 말하다가 축 늘어졌다. 혼은 잠시 놀라 맥박을 확인했다. 아무래도 잠든 것 같았다.

초재생이 정신력까지 회복 시켜주면 얼마나 좋을까.

혼과 천화가 대화를 나누는 동안 한참을 켁켁거리던 코디는 이내 축 늘어졌다. 번개폭풍까지 사용하던 남자의 최후치고는 굉장히 초라했다. 그와 동시에 창고에서 엄청난 양의 물건들이 쏟아져 나왔다. 혼은 무시하고 고개를 돌렸다.

"저건 어쩌냐?"

혼도 체력이 방전 된 상태였다. 아직도 코디의 부하들이 수십 명이나 남아있었다. 다테와 로저는 혼의 생사를 확인하기 위해 혼과 코디가 싸우던 곳으로 달려왔다.

"진짜로 죽었어……."

다테가 코디의 시체를 보고 중얼거렸다. 로저와 월터는 마리나를 찾았다. 마리나는 천화가 벽에 기대어 놓은 상태였다. 상처가 많았지만 마리나는 엄지손가락을 들어 보이며 말했다.

"저 꼬맹이 졸라 멋있다? 너 못 봤지?"

월터는 안도의 한숨을 내쉬었다. 표정을 보아하니 심한 꼴은 당하지 않은 듯싶었다.

다테는 코디의 시체에 다가가 섰다. 자신의 손으로 죽이고 싶었으나 이미 코디는 죽었다. 여동생의 복수가 끝이 났지만 시원한 기분이 아니었다. 다테는 코디의 목에 꽂혀있던 용의 무구를 집어 들고는 외쳤다.

"개새끼야! 왜! 왜!"

다테는 미친 사람처럼 코디의 머리를 검으로 내려쳤다. 피가 튀기고 뼈가 갈라졌다. 뇌수가 흘러나옴에도 다테는 멈추지 않았다.

혼은 그런 그를 가만히 내버려두었다. 중요한 건 여기서 부터였다.

"저건 어떻게 처리해?"

"내가 알아서 하지."

로저가 팔을 걷으며 말했다.

"너무 아무것도 한 게 없어서 말이야."

로저는 총을 꺼내더니 한 손으로 들었다. 그러자 그의 총이 팔에 흡수되며 펼아 기계화되었다. 녹슨 강철의 색깔에 보통 팔에 한 2배는 되어 보이는 크기. 아주 단조로운 디자인의 기계 팔이었다. 손가락의 끝은 발포가 가능하게끔 뚫려 있었고 손바닥에는 레이저를 쏠 수 있는 원형의 구슬이 달려 있었다.

로저가 어깨의 해골을 자랑스럽게 가리키며 말했다.

"스켈렛을 위하여."

로저의 손이 돌며 마치 미니 건처럼 총탄이 튀어나갔다. 지상에서 싸움을 지켜보던 남자들은 총알포격에 맞아 쓰러졌다. 몇몇이 능력을 사용하며 다가왔지만 손바닥 가운데서 나가는 레이저가 그들을 태웠다.

"으하하하하하!"

로저는 걸죽한 웃음소리와 함께 어깨를 쳤다. 그러자 팔에서 미사일이 나와 적을 산산조각 냈다. 미사일이 어디서 나오는 건지는 모르겠으나 계속해서 발사되었다.

그렇게 잠시, 로저는 팔을 원래대로 돌렸다. 이미 코디의 잔당들은 목숨을 잃었거나 도망을 친 상태였다. 혼은 로저에게 엄지손가락을 보여주고는 다테를 돌아보았다. 다테는 분이 아직도 안 풀렸는지 무릎을 꿇은 채 씩씩거리고 있었다.

"다 했냐?"

다테는 가만히 고개를 숙이고 있었다. 다테의 어깨가 들썩거림을 본 혼은 더 이상 그에게 말을 걸지 않았다.

"하아, 힘들다. 힘들어."

혼은 하늘을 쳐다보고는 다시 천화를 보았다.

그리고 오랜만에 진심으로 미소를 지어 보였다.

"널 빼앗기면 그렇게 되려나?"

혼은 코디와 싸웠을 때의 자신의 모습을 생각하며 피식 웃었다.

❖

지친 혼과 천화는 잠에 들었고, 월터는 마리나를 챙기고 있었다. 다테와 로저는 시체들 사이를 돌아다니며 챙길 물건이 없나를 확인했다. 의외로 쓸 만한 물건들은 많지 않았다. 코디가 가기고 있던 거대 혈석과 푸른 혈석 하나를 빼고는 전부 쓰레기라고 봐도 됐다.

다테와 로저는 나서서 구덩이를 판 뒤 시체를 모아 안에다가 묻었다. 작업이 거의 끝나갈 때 즈음 혼과 천화가 정신을 차렸다.

"머, 머리가!"

천화는 거울을 보고 경악했다. 머리가 전부 하얗게 세 있었다. 다행인 것은 아직 젊은 피라 머릿결은 좋다는 것이었다. 푸석푸석한 노인의 흰 머리가 아니라 마치 북유럽의 은발과도 같은 인상이었다.

천화가 인상을 찌푸리고 있자 혼이 말했다.

"예뻐. 걱정 마."

혼은 몸을 일으켜 마리나에게로 향했다. 혈석을 먹고

상처를 치료한 상태였다. 샤워도 깨끗하게 해서 전보다 더 깔끔해진 듯싶었다.

"괜찮나?"

"보다시피. 걱정 되서 왔어? 착하네?"

마리나는 리를 말머리다 혼에게 걸어갔다. 그리고는 유혹하듯 팔에 달라붙었다. 마리나는 최대한 혼의 귀에다 대고 말했다.

"보고 싶으면 말을 하지. 누나가 갔을 텐데."

"보고 싶지도 않고."

혼은 마리나를 밀쳐냈다. 혼의 얼굴에는 아무런 감정이 없었다. 심지어는 맥박도 빨라지지 않았다. 마리나는 자존심이 상했으나 어쩔 수 없었다.

"전화를 지켜줘서 고맙다. 이 말하러 온 거야."

'그런 표정은 재한테나 보여주나 보네. 쳇.'

마리나는 입술을 삐죽 내밀며 월터에게로 갔다. 혼은 저택을 나서서 다테와 로저가 일하고 있는 곳으로 향했다. 시체처리를 마친 두 사람은 쌓아올린 구덩이에 걸쳐 앉아 음료를 들이키고 있었다.

"다 치웠네?"

"이런 거라도 해야지. 아무 것도 안했는데."

로저가 자조적인 말을 하며 혼에게 캔 맥주를 덤볐다. 맥주는 딱히 취향이 아니었으나 무덤에서 맥주 마시는 것이 처음은 아니지 않던가. 혼은 맥주 캔을 따 들이킨 뒤 로저에게 말했다.

"아무래도 동료는 필요할 거 같아."

"그거 오랜만에 듣는 좋은 소식이군."

원이라는 능력은 상상 밖이었다. 뇌파간섭도 그러했다. 혼은 고작 반대편의 미로에서부터 자신보다 강한 사람이 있다는 것을 몸으로 느끼고 있었다.

여차할 상황에 도움이 되는 동료는 필요했다. 믿을 수 있는 사람이라면 많으면 많을수록 좋았다. 그런 의미로 로저와 월터 그리고 마리나는 어느 정도 믿을 수 있는 사람들이었다.

하지만 약했다. 다 같이 커나가자! 라고 말하기에는 차라리 혼자 각성을 해 나가는 편이 나을 정도였다.

"너희랑은 가지 않을 거야. 하지만 말이야."

혼은 지도를 꺼낸 뒤 문과 가장 가까운 안전지대를 찍었다.

"여기서 다시 만난다면 그때는 동료가 되도록 하지."

"엄청 비싸게 구는구면."

로저는 기지개를 피며 일어났다. 그는 혼의 어깨 위에 손을 올리며 웃었다.

"약속 잊지 말라고."

"죽지나 말라고. 이번에도 나 없었으면 너희 다 죽는 거였어. 알지?"

"알지요. 아주 잘 안다고."

로저는 다 마신 캔 맥주를 박살내듯이 손에 힘을 주었다. 그는 맥주캔을 옆으로 휙 던지고는 저택 안으로 들어갔다. 혼은 다테를 힐끗 보더니 아무 말 없이 몸을 돌렸다.

월터는 하루 종일 차를 만들고 있었다. 얻은 점수들과 폭발한 차의 부품 중 쓸 만한 것들을 모아 새롭게 조립 중이었다. 하루 종일 망치소리가 끊이질 않았다. 밤이 늦도록 캉캉거리는 소리가 저택 안까지 들려왔다.

다음 날, 차가 완성되었고 월터와 로저, 그리고 마리나는 떠날 채비를 했다. 세 사람은 차에 올라탄 채 혼과 천화에게 작별인사를 건넸다.

"그럼 약속장소에서 보자."

"약속했다며? 다시 만나기로."

마리나는 혼에게 달려들어 안겼다. 그리고는 얼굴을 들이밀었다. 혼은 그런 머리나의 이마를 밀어내며 말했다.

"거절하지."

"완전 철벽이네. 철벽."

마리나는 이마를 쓰다듬으며 트럭 뒤에 올라탔다. 트럭 뒤에는 새로 산 기관총이 설치되어 있었다. 마리나는 기관총 쓰다듬으며 자리에 앉았다. 월터와 로저는 혼에게 손을 흔들고는 안전지대 밖으로 나갔다.

이제 둘, 아니 셋만 남았다. 혼과 천화 또한 슬슬 나갈 준비를 했다. 그 뒤를 다테가 쫄래쫄래 따라다니고 있었다.

다테는 더 이상 할 수 있는 것이 없었다. 혼자서 미궁을 여행하는 것도, 그렇다고 안전지대에 남아 있는 것도 의미 없는 짓이었다. 솔직하게 말하자면 천화에게는 미안한 것이 많았다. 어찌됐건 다테는 천화를 위험에 빠트린 장본인이었다.

"저기, 미안했다."

다테는 기회를 보다 천화에게 말했다. 천화는 하얀 머리를 하나로 묶은 채 어디로 갈지 체크를 하고 있었다. 혼은 가장 빠르게 문과 가까운 안전지대로 가고 싶어 했다. 천화는 지금 출발을 할 경우 어디쯤에서 미궁이 어떻게 변할지 예측을 한 뒤 최단루트를 만들고 있었다.

"저, 저기?"

천화가 대꾸를 하지 않자 다테가 조심스럽게 천화의 어깨를 건드렸다. 천화는 화들짝 놀라며 고개를 돌렸다.

"어! 다테씨. 왜 그러시죠?"

"아니, 미안했다. 여러 가지로."

"아, 네. 괜찮아요. 지나간 일이니까요."

천화는 다테가 미안해하지 않게 환하게 미소를 지으며 대답했다. 다테는 가만히 천화의 얼굴을 보고 있다가 코끝이 찡해오는 것을 느꼈다. 도대체 무슨 짓을 하려고 했던 것일까. 여동생을 코디에게 빼앗겨 놓고도 복수를 하겠다며 같은 실수를 반복하고 있었다.

"어디로 나가야 되냐?"

"저, 11시 방향 출구로 나가야 돼요."

"로저네는 9시 방향으로 나갔는데?"

"거기로 가면 안전지대로 향하고, 저희가 가는 곳은 특별지대예요."

"특별지대?"

혼이 되물었다. 천화는 어깨를 으쓱하며 말했다.

"저도 모르죠. 같은 초행길인데."

"잠깐, 너희 특별지대로 가는 거냐?"

다테가 당황해하며 말했다. 혼과 천화는 왜 그러는지 알 수 없다는 듯 다테를 쳐다봤다.

"그곳은 위험해. 뭐가 있는지 모른다고."

"안전지대도 그건 마찬가지지. 이번이 우리 미궁인생에서 가장 위험한 순간이었다고."

혼은 대수롭지 않게 여기고 있었다. 다테는 특별지대에 들어갔다가 살아나온 사람을 본 적이 있었다. 그 사람은 정신이 나가 미쳐있었다. 어떤 일이 있었는지는 알 수 없지만 악마를 보았다는 말을 할 뿐이었다.

"잠깐, 잠깐. 진짜 다시 생각해 봐. 그래봤자 안전지대는 인간들이야."

천화는 살짝 걱정스러운 표정을 지었다. 하지만 혼은 뜻을 굽히지 않았다. 문에서 가장 가까운 안전지대까지 빨리 가는 것이 가장 안전한 길이었다. 빠르게 정착을 하면 할수록 위험부담도 적어진다.

"출발하자."

"위, 위, 위, 위험하다는데. 괜찮겠어요?"

천화가 심하게 말을 더듬었다. 딱 봐도 겁을 먹은 것 같았다. 그럼에도 혼은 특별지대가 있는 쪽으로 갈 생각이었다. 다테는 조심스럽게 말을 꺼냈다.

"내 생각에도 그냥 안전하게 돌아서 가는 편이 나을 거 같은데."

"안전?"

혼이 피식 웃으며 말했다.

"도대체 어디가 안전한건지 알려줬으면 좋겠군. 반대편에 들어오자마자 오버로드를 만나서 죽을 뻔 했고, 트라이 마스터를 만나서 또 죽을 뻔 했지. 안전지대가 안전한가?"

다테는 입을 다물었다. 확실히 안전한 곳은 그 어디에

도 존재하지 않았다. 그래도 조금 덜 위험한 곳과 더 위험한 곳은 존재했다. 특별지대는 단언컨대 훨씬 더 위험한 곳이었다.

"나도 함께 가도 되나?"

다테가 한숨과 함께 말했다.

혼은 고개를 절래 흔들었다.

"약해서 안 돼."

"별로 약하진 않아. 나도 한 주먹 하던 사람이라고."

다테는 주먹을 들어 보이며 말했다.

"과거 건투선수였지. 은퇴한 뒤에 야쿠자가 되었지만."

"그 정도 강함으로 안 되는 세계인 건 알잖아?"

"각성이라면 듀얼 마스터까지는 했어. 부탁한다. 동료로 넣어줘라."

다테는 동료로 들어가 천화에게 잘못을 갚을 생각이었다. 특별지대, 그 위험한 곳으로 가는 천화를 그냥 두고 볼 수는 없었다. 미약한 힘이라도 보탤 수 있다면 좋겠다라는 생각을 한 다테였다.

혼은 잠시 생각에 빠졌다.

듀얼 마스터라면 일단 다테는 그룹 내에서 가장 각성을 많이 한 사람이 되는 것이었다. 트라이 마스터는 대부분 길드나 비공식 그룹이 있다고 봐도 무관했다. 어찌됐거나

듀얼 마스터는 모을 수 있는 사람들 중 가장 강한 존재일
것이다.

"같이 가죠. 혼씨."

천화가 옆에서 거들었다.

"왜? 마음에 들어? 소개시켜 줄까?"

"그런 게 아닌 건 아사잖아요. 이분 혼자 여기 남아서
뭐해요."

"그래, 듀얼 마스터라면 괜찮겠지."

로저의 일행은 리더가 두 명이 되면 안 되기 때문에 거
절했지만 이번에는 경우가 달랐다. 게다가 야쿠자 출신이
라는 점이 마음에 들었다. 혼은 다테에게 단호하게 말했
다.

"네가 들어오면 내가 형님인거야. 야쿠자로 치면 내가
오야붕인거지. 불만 있나?"

"없다."

"좋아, 그럼 내가 내리는 명령은 아무리 불합리하다 하
더라도 해야 하는 거야. 그런 시스템이지? 야쿠자라는
건."

"맞다. 그렇게 하겠다."

다테는 고개를 끄덕였다. 다테가 혼과 같이 다니려는
이유는 천화에게 힘이 되기 위함이었다. 다시는 여동생이
당했던 일을 다른 이에게 겪게 하고 싶지 않았다. 게다가

혼은 원했던 원하지 않았던 복수를 해준 인물이었다. 형님으로 모셔도 전혀 꿀릴 것이 없었다.

"좋아. 그럼 따라와 봐."

혼은 그렇게 말하며 11시 방향의 출구로 발을 내딛었다.

메이즈 헌터

7

Maze Hunter

7

출발을 하고 일주일이 지났다.

다테는 요리담당 겸, 뒷정리담당 겸, 아니, 대충 모든 잡일을 담당하고 있었다. 물론 천화가 옆에서 도와주기는 했지만 혼은 정말로 손가락 하나 까딱하지 않았다. 다테는 불만 하나 없이 움직이고 있었다.

사냥도 대부분 다테가 도맡아 하고 있었다.

"이 길드라는 시스템 좋네."

혼은 자신에게도 3등분 되어 들어오는 점수를 바라보며 말했다. 다테는 얼핏 보아도 5m는 넘는 거인을 처리하고 걸어왔다.

길드를 만드는 데 필요한 최소 인원은 3명이었다. 길드와 비공식 그룹의 가장 큰 차이점은 점수배분에 있었다. 비공식으로 그룹을 짤 경우에는 같이 사냥할 경우에만 점수가 배분이 되었고, 공식 길드의 경우 누가 잡던 사전에 정해 놓은 대로 분배가 되었다.

현재 분배는 정확하게 3등분, 아니, 혼이 40% 나머지 두 사람이 30%씩 가져가도록 설정을 해놓았다. 사실상 사냥을 하는 것은 다테 혼자였기 때문에 혼은 앉아서 점수를 벌고 있는 것이었다.

"혼씨도 좀 도와주시죠?"

천화는 수호설로 다테를 지원하고 있었다. 딱히 지원은 필요 없어 보였으나 가만히 앉아서 점수를 받아먹는 것이 민망했기 때문이다. 혼은 천화의 말을 무시하며 다테에게 물었다.

"대충 실력은 보았어. 그러니까 신체 각성은 그 사자처럼 변하는 것이 능력이고, 무기 각성은 주먹에 원소를 두르는 것이구만."

다테의 듀얼 마스터인 다테의 능력은 당연하게도 두 가지였다.

먼저 신체 각성을 마스터하며 얻은 능력은 맹수화였다. 저번에 수염 난 히스패닉 남자가 가지고 있던 능력과 비슷했다. 능력을 사용할 경우 다테와 양팔과 다리는 마치 사자의 것처럼 변했고 머리가 노란색으로 변했다. 신체적 능력이 전체적으로 비약적으로 상승하는 듯싶었다.

무기 각성을 마스터 하면서 얻은 능력은 주먹에 기운을 불어넣는 것이었다. 강철의 기운을 불어 넣으면 빛나는 강철 색으로, 불의 기운을 불어 넣으면 붉은 색으로 변했다.

생각보다 꽤 전력이 될 듯싶었다. 코디의 부하들을 전부 때려눕히고, 또 코디와 정면으로 맞붙었던 다테였다. 반대편의 기준으로 보았을 때 강자에 속했으면 속했지, 절대로 약자는 아니었다.

"그나저나 대장이 퍼스트 마스터 밖에 안됐다는 것이 놀랍군."

다테는 믿을 수 없다는 듯이 고개를 흔들었다. 퍼스트 마스터가 트라이 마스터를 이기다니. 상식적으로 말이 안 되는 일이었다.

"곧 듀얼 마스터가 될 거 같으니까."

점수가 간당간당하게 1만점이 되지 않았다. 1만점까지 남은 점수는 대략 1000점정도. 괴수 한 마리가 주는 점수가 100점에서 150점사이니까 한 10마리 정도만 더 잡으면 된다는 것이었다.

"나는 뭐가 나올지 기대되는데?"

"분명 엄청나게 이상한 거 나오겠죠."

천화가 말했다.

"이상한 게 안 나와도 이상하게 쓸 거 같고."

신속이라는 능력도 보통의 사용법과는 다르게 사용하고 있는 혼이었다. 일발필살기를 유지한다고 해야 하나? 토마호크 같은 미사일을 기관총에 넣고 쏘는 것과 비슷했다. 분명 혼은 무슨 능력이 나오건 그 이상의 힘을 사용할 것이다.

"근데 슬슬 추워지지 않아요?"

한 걸음, 한 걸음을 내딛을 때마다 날씨가 바뀌는 듯싶었다. 길었던 숲이 끝나자 겨울이 찾아온 것이다. 쌀쌀한 바람과 함께 앙상한 나무들이 나타나기 시작했고, 얼마 지나지 않아 아직 녹지 않은 눈이 군데군데 보였다.

"벌써 겨울인가?"

"겨울지점으로 들어온 거죠."

"특별지대 어쩌고는 괜찮아도. 이건 좀 힘드네."

혼은 옷을 껴입고도 바들바들 떨었다. 최초의 미로에서도 겨울처럼 추운 날은 있었지만 눈까지 내리는 지점은 없었다. 점점 더 특별지대에 가까워질수록 날씨는 험악해졌다. 눈이 내린 다기 보다는 후려치는 느낌이다.

"하늘이 미쳤어. 역시 특별지대 같은 곳은 오는 게 아니야."

"아직 멀었거든."

다테는 앵무새처럼 계속해서 특별지대로 가면 안 된다고 말했다. 그러나 특별지대는 아직도 멀었다. 이건 단지 미궁의 날씨가 험악해졌을 뿐.

"혼씨! 저기 사람 아니에요?"

천화가 눈보라로 뿌연 먼 곳을 가리키며 말했다. 혼은 멈춰 서서 천화가 가리킨 곳을 노려봤다. 사람의 모형을 한 희미한 검은 그림자가 서 있다. 만약에 사람이라면 만약에 대비해 전투채비를 갖춰야했다.

"일단 다가가 봐야겠는데."

혼은 선두에 서서 그림자를 향해 걸어갔다. 그림자는 혼이 다다감에도 움직이지 않고 그 자리에 서있었다.

그림자까지 다가간 혼은 탄성을 뱉었다.

"얼었네."

남자 하나가 언 채로 죽어 있었다. 무언가에서 도망치려는 듯 다급한 얼굴과 앞으로 쭉 뻗은 팔. 자연재해든 괴수든 무언가에게서 달아나려다가 단시간에 얼어버린 것은 확실한 듯싶었다.

"완전 호러네요."

천화가 으스스 몸을 떨었다. 가슴주머니에 있던 하양이도 얼굴을 슬쩍 내밀더니 다시 안으로 쏙 들어갔다. 다테는 조심스럽게 얼어붙은 남자의 어깨를 만져보았다. 그러자 오랫동안 버텨오던 한쪽 다리가 쩌저적거리며 남자의 몸이 옆으로 쓰러졌다.

"웁스."

다테는 놀라 손을 때며 말했다.

"돌아가야 할 거 같은데?"

"내 생각에는 말이야."

혼이 하늘을 가리키며 말했다.

"돌아가기도 힘들 거 같군."

다테와 천화는 동시에 하늘을 올려다보았다. 마치 상어와 같은 모양의 그림자가 눈보라를 뚫고 다가오고 있었다. 그것은 이윽고 시야에 들어왔다. 물고기처럼 빠진 몸통에 지느러미 대신 날개가 달린 모습이었다. 크기도 어마어마해 흰 수염고래와 맞먹는 것 같았다.

"괴수군."

다테는 양팔과 다리를 사자의 형상으로 바꾸었다. 그리고는 주먹에 힘을 주며 싸울 채비를 했다. 저 하늘은 나는 상어가 무슨 힘을 가지고 있는지는 혼도 확신할 수 없었기 때문에 용의 무구를 꺼내며 싸울 준비를 했다.

상어는 아가리를 벌리고 한 입에 다테와 혼을 먹으려고 했다. 다테는 손을 붉게 만들며 상어를 공격하려고 했다.

그런데 그 순간.

"코오오오."

중저음의 마찰음과 함께 거대한 무언가가 상어의 옆구리를 물었다. 마치 뱀처럼 긴 몸을 가진 그것은 한 입에 상어를 반토막내고 하늘로 솟구쳤다. 그것이 일으킨 바람

에 혼의 일행은 전부 얼굴을 가렸다. 천화는 날아가는 햐
앙이를 잡고 쓰러질 정도였다.

뱀의 몸통을 한 그것은 하늘을 빙글빙글 돌았다. 혼과
천화, 그리고 다테는 이구동성으로 말했다.

"오버로드."

일반적인 괴수라고 하기에는 무리가 있었다. 애초에 아
까 그 상어도 얼핏 보기에는 상위급 괴수인 것만 같았으
니까.

혼은 머리를 긁적이다가 말했다.

"튀는 게 나을 거 같지?"

천화는 혼과 처음으로 마음이 맞아 고개를 끄덕였다.
결정이 되고 나자 세 사람은 죽을 힘을 다해 달리기 시작
했다. 그나마 벽이 있어서 벽에 딱 붙으면 공중에서는 잘
보이지 않을 수 있었다.

혼은 벽에 딱 달라붙어 앉은 뒤 공중을 돌고 있는 오버
로드를 보며 말했다.

"오버로드를 또 만나다니. 운이 좋은 건지, 아니면 나쁜
건지 모르겠군."

오버로드라는 것은 점수 덩어리였다. 혼자서 잡으면 당
장 각성 하나 정도는 쉽게 할 수 있을 정도로 많은 점수를
주었다. 게다가 군주기까지 주니 오버로드를 잡고 안 잡
고는 아주 큰 차이가 있었다.

그러나 오버로드와 싸우는 일은 쉽지 않았다. 많이 만나면 많이 만날수록 강해지는 기회를 얻는 것이지만, 동시에 죽을 확률은 급격하게 올라갔다.

"저건 그냥 오버로드가 아니네."

옆에서 들린 목소리에 세 사람이 동시에 고개를 돌렸다. 그곳에는 한 남자가 에스키모인처럼 완전 무장한 차림으로 서 있었다. 천화는 화들짝 놀라며 비명을 질렀다.

"꺅!"

"쉿! 조용히. 따라오게."

남자는 손짓을 하고는 몸을 낮춘 뒤 열심히 뛰어갔다. 다테와 천화는 자연스럽게 혼을 쳐다봤다. 혼은 남자의 뒤를 물끄러미 보더니 자리를 털고 일어났다.

"뭐해? 따라가자."

혼은 아무런 고민 없이 남자의 뒤를 따라갔다. 그 이유는 간단했다. 저 공중을 빙글빙글 도는 뱀보다 위험한 사람이 아니라는 판단을 내렸기 때문이다. 만약 악의적으로 접근을 했다고 치더라도 이 멤버를 이길 수 있는 인간은 많지 않았다.

남자는 조금 걸어가더니 눈을 치우고 맨홀뚜껑 같은 것을 열었다.

"뭐해, 빨리 들어가라고."

혼은 가장 먼저 안으로 들어갔고 그 뒤를 천화와 다테

가 따랐다. 남자는 가장 마지막에 들어와 입구를 닫았다.

땅굴 안으로 조금 내려가자 통로가 나왔다. 통로에는 횃불이 켜져 있었다. 눈과 바람이 들어오지 않는 것만으로도 따뜻해졌다. 앞쪽으로는 나무로 만들어진 문이 있었다. 나름 지지대를 잘 세워 놓았다.

"사양 말고 들어와."

남자는 문을 열고 안으로 들어갔다.

땅속에 있는 집. 그 집에 대한 첫인상을 말해보자면 더럽게 좁다였다. 한 사람이 겨우 누울 정도, 그것도 키 큰 남자는 불가능 할 정도의 침대 하나와 음식 한 접시를 겨우 올려놓을 수 있는 식탁. 구석에는 가스버너가 놓여 있었다.

"좀 좁지만 그래도 창고 덕에 살만하지."

남자는 침대에 앉았다. 혼과 천화 그리고 다테는 나란히 서서 눈치를 보고 있었다. 가장 먼저 앉을 자리가 마땅치 않았다. 천화는 무릎을 꿇고 앉았고, 혼은 벽에 기댄 채 서 있었다. 다테의 포지션은 문 앞이었다.

남자는 후드모자와 고글을 벗었다. 40대는 넘어 보이는 중년의 백인 남성이었다. 남자는 미소와 함께 말했다.

"뭐, 마실 거라도 줄까?"

"아니, 그보다 아까 그건 뭐지?"

"빙룡 말이지? 보는 대로 괴수라네. 오버로드는 오버로
드지."

남자는 잠시 말을 멈추고 보온병에 든 따뜻한 술을 마
셨다.

"내 이름은 탐이네. 여기에 땅굴을 파고 산지도 벌써 4
년이야. 덕분에 점수도 못 벌고 벌어놓은 것들은 전부 써
버렸지. 그래서 생각해 낸 것이 들어오는 놈들에게 정보
를 파는 거야. 어때? 점수를 주면 정보를 주지."

탐은 인생을 포기한 사람처럼 낄낄거리며 웃었다.

"얼마를 원하지?"

"글쎄, 보통 한 달은 있어야 다른 팀이 들어오니 한
500점이면 될 거 같군."

혼은 곧 바로 점수구슬을 만들었다. 다른 이에게 점수
를 양도할 때는 이렇게 구슬처럼 물체화 시켜 넘기면 되
는 것이었다. 남자는 점수구슬을 받은 뒤 사용을 외쳐 점
수를 흡수했다.

"예상보다 싸군."

혼의 말에 남자는 고개를 끄덕였다.

"어차피 너희가 죽으면 그 아이템을 사용해도 되거든.
대부분 좋은 것들 많이 가지고 있더라고."

다테는 슬슬 짜증이 나는지 한숨을 쉬며 남자를 노려봤
다. 탐이 말하는 단어 하나, 하나가 마치 죽을 사람을 대

하는 것처럼 들렸다. 그에 비해 혼은 신경 쓰지 않고 대화를 이어나갔다.

"그래서 정보는?"

"밖에 얼어붙은 시체 보았나?"

탐은 바로 술을 구입하더니 잔에 따라 마시기 시작했다. 혼이 고개를 끄덕이자 탐은 말을 이어갔다.

"말 그대로야. 저 빙룡은 오버로드네. 그냥 오버로드가 아니라 지능이 있는 오버로드지."

"지능이 있다는 것은 무슨 뜻이지?"

지능이라고 해도 여러 가지가 있다. 돌고래에게도 지능이 있고, 원숭이에게도 지능이 있다. 중요한 것은 그 정도였다. 만약에 오버로드가 인간만큼의 지능이 있다면 그건 꽤나 골치 아픈 일임과 동시에 좋은 일이기도 했다.

적어도 대화는 가능하다는 소리니까.

"웬만한 멍청이들보다는 똑똑할 거야."

"그거 다행이군. 대화로 풀 수 있어서."

"근데 성격이 사이코야."

탐은 낄낄거리며 웃었다.

"예상하듯이 저 놈의 능력은 모든지 얼려버리는 거야. 뭐 그것 말고도 엄청 크고 힘도 쎄서 웬만해서는 잡지도 못하지."

"그런데? 성격이 사이코라며?"

"그래. 바로 그게 문제지. 녀석은 아주 굉장한 수수께끼 마니아거든. 스핑크스처럼 말이야. 질문을 하고 못 맞추면 얼려버리는 거지."

"괴상한 취미를 가진 녀석이군."

"그리고 그 녀석이 너희를 살려주는 걸 봤네. 다음 타깃이 죽지 않기를 원하는 거지."

상어를 물어 죽인 이유는 간단했다. 혼과 일행은 오랜만에 들어온 장난감이었다. 다른 괴수에게 빼앗기기는 싫었을 것이다. 탐 또한 선의로 혼과 일행을 도와준 것이 아니었다. 단순히 정보를 팔기 전에 죽어버리면 곤란했기 때문이다.

"빙룡이 내는 문제에 대해 아는 건 없나?"

"그걸 알면 내가 여기 박혀 있겠나? 모르지."

탐은 어깨를 으쓱하며 말했다.

"나는 들키지 않았기 때문에 살아남았네. 녀석이 자는 시간이나 활동하지 않는 시간을 잘 알고 있지. 하지만 그 사이에 녀석의 구역을 벗어나는 건 불가능하네. 녀석은 이 망할 미궁을 날아다니니까."

미궁의 벽은 매우 높았다. 하지만 날아다니는 생명체에게는 별로 문제가 되지 않았다. 미궁을 따라 움직여야 하는 인간들은 절대로 하늘에서 내려다보는 빙룡에게서 도망칠 수 없었다.

물론 어딘가에 몸을 숨겨가며 천천히 전진한다는 선택지도 있었으나 성공확률이 너무나도 희박했다. 신속으로 도망치는 것? 다테나 천화 둘 중 하나를 버리고 가면 가능할지도 모르겠다. 하지만 그것도 성공확률은 그다지 높지 않았다.

　"문제를 풀어야만 나갈 수 있다는 건가?"

　혼은 잠시 고민했다. 어떤 문제를 내는지도 모르는 데 무턱대고 나갈 수는 없었다. 혼은 거기서 좋은 방법을 생각해냈다.

　"좋아, 그럼 한명이 대표로 얼어보자고."

　"그게 뭔 소리냐?"

　혼은 어깨를 으쓱하더니 말했다.

　"당연한거 아니야? 우리는 문제가 뭔지를 몰라. 그러니까 한 명이 나가서 문제를 풀고 나머지 셋은 뒤에서 문제가 뭔지를 듣는 거지. 만약에 틀리더라도 나머지 세 명이 사전에 문제를 알고 고민할 시간을 벌 수 있으니 완전 이득인거지."

　다테는 체념한 듯 한숨을 쉬며 고개를 끄덕였다.

　"그 한 명은 당연히 나겠군."

　"아니에요."

　천화가 말했다.

　"방금 세 명이 뒤에서 듣는다고 했잖아요. 후."

　천화는 한숨을 쉬며 술을 마시고 있는 남자를 보았다.

"저 사람을 얼릴 거 같은데요."

혼은 천화의 말에 미소를 지으며 고개를 끄덕였다.

"넌 뭘 좀 아는구나."

탐은 세 사람의 대화를 듣더니 술 마시는 것을 그만두었다. 가만히 보니 돌아가는 꼴이 좀 이상했다. 아무래도 자신을 마루타로 쓸 생각인 듯싶었다. 빙룡 앞에 선다는 것은 죽음 확정이니 마루타라고 표현해도 되겠지.

"하하하. 이 보금자리를 빼앗으려고 했던 놈들이 없었던 줄 아나?"

탐은 고개를 절래 흔들며 자리에서 일어났다.

"과거 광기의 살인마라고 불렸던 나에게 덤비려고 하다니. 안 그래도 별로 남지 않은 목숨을 더……."

퍽!

신속을 발동한 혼의 주먹이 남자의 턱을 때렸다. 탐은 그대로 누웠다.

"뭐가 저렇게 말이 많아?"

❖

탐은 차가운 공기에 눈을 떴다. 주먹에 맞아 정신을 잃은 것까지는 기억이 났다. 그는 눈을 뜨고 일어나며 욕을 뱉었다.

"그 개자식."

"일어났는가. 인간."

탐은 훅 불어오는 따뜻한 바람에 고개를 들었다. 바로 눈앞에 빙룡이 콧방귀를 뿜어대며 남자를 보고 있었다. 남자는 기겁을 하며 도망을 치려했다.

"어딜 가는가?"

빙룡은 얼음화살을 만들어 탐이 도주하는 방향으로 발사했다. 탐은 바로 앞에 꽂히는 얼음파편에 화들짝 놀라며 엉덩방아를 찧었다.

"이 몸이 친히 기다려줬으면 즐겁게 해줘야 하는 게 예의 아닌가."

빙룡은 장난스럽게 말했다 .하지만 듣는 사람의 입장에서는 전혀 장난으로 느껴지지 않았다. 탐은 마른 입술을 적시며 빙룡을 쳐다봤다.

호랑이 굴에 들어가도 정신만 차리면 살 수 있다고 했다.

빙룡은 빙긋 웃더니 말을 이어갔다.

"그럼 문제를 내도록 하지."

다짜고짜 문제 시작이었다. 탐은 지끈거려오는 머리를 한손으로 받쳤다. 그래, 문제만 풀면 된다. 문제를 풀면 아무 문제가 없을 것이다.

혼과 그의 일행은 남자의 모습을 숨어서 지켜보고 있었다.

혹시나 들키면 안 되니 완전히 눈 속에 파묻혀 귀만 열어둔 상황이었다. 어차피 문제를 듣기만 하면 그만이었으니 모습을 숨기고도 염탐이 가능했다.

"그럼 문제다."

분명 탐은 빙룡이 수수께끼를 낸다고 했다. 수수께끼라면 사전 지식이 없더라도 센스와 빠른 두뇌회전으로 풀 수 있는 것들이었다. 대부분이 말장난이거나 조금만 다르게 접근하면 가능한 것이었다.

그런 의미로 탐이 살아갈 가능성이 아주 없는 것은 아니었다.

"한 마을이 있다. 어떠한 소통도 불가능한 그 마을 사람들은 모두 개를 키우고 있지. 그러던 어느 날, 광견병이 돌아 개들이 미치기 시작했다. 다른 사람들은 어느 개가 미친개인지를 알아 볼 수 있지. 하지만 주인은 자신의 개가 광견병인지를 알아 볼 수 없다. 마을 사람들은 하루에 한번 모두 둥그렇게 모여 서로의 개를 본다. 그리고 4번째 날 밤. 광견병에 걸린 개는 모두 죽었다. 여기서 문제. 광견병에 걸린 개의 숫자는?"

망할, 논리 퀴즈다.

혼은 이마를 부여잡았다. 논리퀴즈라는 것은 훈련 받은 사람이 아니라면 정답을 맞힐 수 없는 것이나 다름이 없었다. 물론 천재적인 기지를 사용하여 정답을 말할 수는 있었다. 시간을 충분히 준다면 모든 경우의 수를 차분하게 생각할 것이다. 그러나 빙룡은 기다려 줄 생각이 없는 듯싶었다.

"5분을 주지."

그래도 5분이면 꽤나 긴 시간이었다. 빙룡은 기대를 가지고 남자를 쳐다봤다. 탐은 창고에서 종이와 펜을 꺼내와 문제를 받아 적었다.

나름대로 최선의 수를 쓰고 있는 것이었다. 보통의 논리문제의 답은 문제 안에 있었다. 문제를 1000번 정독하면 답이 나온다는 말이 있기도 하다. 하지만 그것도 1000번이나 정독하며 생각할 시간이 있을 때 쓰는 말이다.

"자, 3분 남았다. 하하하."

빙룡은 재촉하면서 웃었다. 남자는 울상인 표정으로 빙룡에게 말을 꺼냈다.

"저기, 힌트 좀."

"힌트 같은 게 있으면 재미없지 않은가? 아, 그리고 이유도 설명해야 하니 찍는 건 불가능하다."

탐은 잠시 손을 멈췄다. 정 안되면 찍어서라도 어떻게 해보려고 했는데 그건 불가능해졌다.

천화는 열심히 머릿속으로 시뮬레이션을 돌리고 있었다. 다테는 이미 포기한 채 먼 산을 보고 있었고 혼 또한 머리를 굴리는 중이었다.

"이거, 4마리네요."

천화가 말했다.

"진짜?"

혼은 이해할 수 없다는 듯이 반문했다. 4마리라고? 그냥 4일 뒤에 다 죽어서 4마리라고 찍은 것일까. 이유가 합당해야 했기 때문에 그런 대답으로는 만족스럽지 않았다.

"4마리 맞아요."

천화는 그렇게 말한 뒤 확신에 찬 표정으로 말했다.

"나가서 구하고 올게요."

"가만히 있어. 확실해? 검토 하자고."

"확실해요. 그리고 이거 맞추면 저희가 다 빠져나갈 수도 있잖아요."

천화의 말도 일리가 있었다. 문제를 맞힐 수만 있다면 이런 개고생을 하지 않아도 된다. 천화의 답이 정말 정답이라면 지금 나가지 않을 이유가 없었다. 천화는 벌떡 일어나더니 빙룡과 남자가 있는 곳으로 달려갔다.

빙룡은 달려오는 천화를 보며 의아하다는 듯 고개를 갸웃거렸다.

"아까 본 인간이군."

빙룡의 거대한 고개가 움직일 때마다 근육이 삐걱거리는 소리가 들렸다. 혼과 다테는 천화의 뒤를 따라 조금 늦게 나왔다. 빙룡은 엄청난 위압감을 뿜어내고 있었다. 지금까지 만났던 오버로드와는 차원이 달랐다. 마치 범접할 수 없는 신을 만난 느낌이었다.

'이건 싸울 수 없다.'

혼은 빠르게 패배를 인정했다. 지금 수준에서 어떻게 할 수 있는 생명체가 아니었다. 이 생명체가 수수께끼에 미쳐있다는 것이 고맙게 느껴질 정도였다.

만약 살육에 미쳐 있었으면 혼의 인생은 여기서 끝났을 테니까.

"이거 오랜만에 재밌어 지겠는데?"

빙룡은 몸을 일으켜 인간들을 내려다보았다. 그리고는 입에서 한기를 뿜어 주위를 얼려 벽을 만들었다. 혼은 꽤 두껍게 형성된 벽을 보며 입맛을 다셨다.

"최악의 경우 도망친다는 선택지도 사라졌군."

"그래, 인간들아. 뒤에 숨어있었느냐?"

"저, 정답을 알아요."

천화가 손을 들며 말했다. 탐은 원망섞인 눈으로 혼을 쳐다보고 있다 천화의 말에 구세주를 만난 것처럼 매달렸다.

"그, 그래? 얼른 말하게. 얼른!"

탐이 다그쳤다. 빙룡은 흥미롭다는 듯이 천화에게 말했다.

"정답을 안다고? 참고로 이 문제를 맞춘 사람은 지금까지 10명이 안 된다."

"정답은 4마리에요."

천화의 말에 빙룡이 흐뭇하게 미소를 지었다.

"맞다. 하지만 이유를 말하지 못하면 정답이 아니지. 만약 이유를 말하지 못할 경우에는."

빙룡은 하늘을 향해 한기를 뱉었다. 그러자 날아다니던 괴수 한 마리가 꽁꽁 언 채 떨어졌다. 착지는 빙벽 밖에 해서 시체를 볼 수는 없었으나 어떤 꼴이 되었을지는 상상이 가능했다.

"이유는 간단해요. 만약 한 마리였다면 첫날에 마을 사람 모두가 모였을 때 주인은 광견병에 걸린 개를 보지 못했겠죠. 광견병에 걸린 개는 무조건 있다. 하지만 내 눈에는 보이지 않는다. 그렇다면 자신의 개라는 것을 알 수 있어요. 그럼 집에 가서 자신의 개를 죽이겠죠."

천화의 말대로다. 타인의 개가 광견병인지 아닌지는 알 수 있다. 그리고 마을에는 광견병이 걸린 개가 있다. 이 두 개의 이야기를 알 고 있다면 첫날 광견병에 걸린 개가 보이지 않는 순간 자신의 개가 광견병이라는 것을 알 수 있었다.

"하지만 첫 날에는 죽지 않았어요. 광견병에 걸린 개의 주인도 다른 광견병에 걸린 개를 본거죠."

천화는 말을 이어갔다.

"그렇다면 둘째 날, 만약 광견병에 걸린 개가 두 마리일 경우 광견병에 걸린 개의 주인은 첫째 날 한 마리를 보았을 거예요. 그리고 안심했겠죠. 저 개만 죽으면 되겠구나. 저 개의 주인도 알고 있겠구나. 하지만 그 개는 죽지 않고 다음 날 미팅에 나왔어요. 그렇다는 뜻은 다른 광견병에 걸린 개의 주인도 똑같이 광견병에 걸린 개를 보았다는 뜻이 되겠죠."

혼은 그제야 고개를 끄덕였다. 천화의 논리를 완벽하게 이해할 수 있었다.

"그럼 당연하게도 다른 광견병에 걸린 개는 자신의 개가 되죠. 그래서 두 마리일 경우 이틀째에 죽었을 거예요. 같은 방식으로 세 번째 날, 네 번째 날이 진행되죠. 네 번째 날에 모든 병든 개가 죽었다는 것은 광견병에 걸린 개가 4마리라는 것을 뜻해요."

빙룡은 말이 없었다. 하지만 혼은 걱정하지 않았다.

천화가 한 말은 반박할 수 없는 논리로 이어진 추론이었다. 저것이 정답이 아니라고 하는 것이 더 힘들 것이다. 물론 현실적으로 불가능하다, 아닐 수도 있지 않으냐? 뭐 그런 태클은 들어올 수 있지만 이건 애초에 논리 문제다., 논리적으로 풀면 문제는 없었다.

빙룡은 신음소리를 내더니 말했다.

"완벽하다. 정답이다."

"아싸!"

천화는 두 손을 번쩍 들며 혼을 쳐다봤다. 혼은 안도의 한숨을 내쉬었다. 하양이도 어느새 천화의 어깨에 올라와 펄쩍펄쩍 뛰고 있었다.

"그럼 이제 가도 되겠죠?"

천화가 천진난만하게 물었다. 하지만 빙룡의 반응은 예상 밖이었다.

"누가 문제를 하나만 낸다고 말했지?"

그 순간 네 사람이 전부 굳었다. 스핑크스의 수수께끼라고 해서 하나만 내는 줄 알았더니 이 망할 빙룡은 더 낼 생각이었다. 다테는 탐의 멱살을 잡았다.

"이런 말은 없었잖아. 개자식아. 돈을 받았으면 돈 값을 해야 할 거 아니야!"

"돈이 아니라 점수다. 게다가 너희도 할 말은 없을 텐데!"

남자는 다테의 손을 뿌리치며 말했다. 빙룡은 인자하게 그 상황을 중재했다.

"걱정마라. 매우 쉬운 시험이니까. 그리고 너희는 정답을 말할 기회가 4번이나 있지 않은가."

정답을 말할 기회가 4번이라는 것은 간단하다. 틀리면 얼어 죽는 거다. 한 사람당 기회는 하나씩, 그래서 4번이다.

"그럼 문제를 내지."

혼은 그냥 주저앉아서 집중하기로 했다. 이렇게 된 이상 방법이 없었다. 그냥 내는 문제를 빨리 맞춰버리고 이곳을 빠져나가는 편이 나았다.

"나에게 예언을 하나 해다오. 너의 예언에 맞는다면 얼려 죽일 것이고, 틀리다면 물어죽이겠다. 살아남기 위한 대답을 해라."

네 사람 모두가 한 번에 빙룡을 올려다보았다. 그냥 죽으라는 소리였다. 아니, 그보다 예언이 틀릴지 맞을지는 누구도 모르는 일이었다.

핵심은 이것이었다. 살아남을 대답을 해라. 예를 들어 1000년 뒤에 화산이 폭발한다는 예언은 살아남을 수 있는 예언이 아니었다. 그게 맞을 수도, 틀릴 수도 있기 때문이다. 즉 어느 쪽이건 죽는 예언이기 때문에 이 문제의 정답은 아니다.

네 사람은 동시에 생각에 빠졌다. 살아남기 위한 예언이라. 맞으면 얼어서 죽고, 틀리면 물어 죽인다.

"이건 답이 없네요."

천화가 씁쓸한 표정을 지었다.

"죄송해요. 괜히 나서서."

"아니야. 어차피 한 문제 이상 낼 걸 모르는 이상 우리는 전 문제에 대한 답만 준비했겠지."

다테가 천화를 위로하며 말했다. 탐은 한참을 생각하더니 갑자기 외쳤다.

"저, 정답을 알 것 같아!"

천화와 다테는 침을 꼴깍 삼키며 탐을 쳐다봤다. 정답을 맞춰주면 고마운 일이었다. 처음에는 해프닝이 있었지만 지금은 다 같이 같은 팀이 아니던가. 한명이라도 점수를 맞추면 몇 개일지 모르는 문제 중 하나를 또 넘는 것이다.

"기다려봐. 정확해야 하니까."

탐은 고민에 고민을 거듭하다가 결심한 듯 말했다.

"정답이 맞는 거 같아. 정답일거야. 아니, 정답이어야 해."

탐은 혼잣말로 중얼거리며 빙룡에게 다가가 정답을 외쳤다.

"정답이다!"

"답은?"

빙룡은 기대를 가지고 탐을 쳐다봤다. 탐은 외쳤다.

"나는 훗날 저스틴 비버의 팬이 될 것이다!"

혼을 제외한 다른 사람들이 탐을 한심하게 쳐다봤다. 그는 기대했던 반응이 나오지 않자 부연설명을 덧붙였다.

"이것 봐. 내가 하는 행동은 나 밖에 모르는 거라고. 팬이 될 수도 있고, 안 될 수도 있지만 그건 내가 선택하는 거야. 빙룡은 이 예언이 맞았는지 틀렸는지 절대로 알 수가 없지. 그렇기 때문에 날 죽일 수는……."

탐의 말이 끝나기도 전에 빙룡의 숨결이 날아와 그를 얼렸다. 천화는 한숨을 쉬었다. 혹부리영감에서 나온 것을 응용한 것이다. 내가 방으로 들어갈지, 아니면 들어가지 않을지를 맞춰보라고 말한 뒤에 정답과 반대의 행동을 하면 되는 것이다.

하지만 결국 그가 저스틴 비버의 팬이 될지 안 될지는 정해진 것이었다. 팬이 되어도 죽고, 안 되어도 죽는다. 양쪽의 선택지가 막힌 상황에서 예언을 한 것이다. 예언을 한 순간 살아남을 수 있는 선택지는 없어진 것이다.

아니, 그보다 왜 저스틴 비버의 팬이 된다고 말한 건지 이해할 수가 없다.

"1분 남았다."

빙룡은 심심하다는 듯 머리를 벽 위에 올리며 말했다. 천화는 뭐라도 말해야겠다고 생각했다. 이대로라면 세 명 다 정답을 말해보지도 못하고 얼어버리고 말 것이다.

"저, 정……."

"잠깐!"

그때 혼이 손을 들며 말했다. 혼은 벌떡 일어나더니 말했다.

"정답을 말하지."

"그래. 이번에는 실망시키지 않았으면 좋겠군."

혼은 비장한 얼굴로 한숨을 내쉬었다. 천화는 걱정스럽게 물었다.

"정답 맞아요?"

"아니어도 죽는 거고. 안 말해도 죽는 거고."

혼은 미소를 보이며 천화의 머리를 쓰다듬었다.

"걱정 마라."

빙룡은 머리를 쭉 빼고 혼의 대답을 기다렸다. 혼은 심호흡을 하고는 외쳤다.

"나는 물려 죽을 것이다!"

다테는 이마를 손으로 짚었다. 저건 그냥 자살 아닌가. 물려 죽을 것이라니.

"저런 수가 있구나."

천화가 말하자 다테가 의아하다는 듯 혼과 천화를 쳐다봤다. 빙룡은 빙긋 웃으며 말했다.

"어쩔 수 없군. 죽일 수 없겠어."

"왜, 왜지?"

다테는 천화와 혼에게 물었다.

"물려 죽는다는 예언이 맞을 경우 혼씨는 얼어 죽어야 해요. 하지만 물려 죽는다는 예언이 얼어 죽이는 순간 맞을 수 없는 예언이 되죠. 그러면 틀린 예언이라 물어 죽여야 하는데, 물어 죽이는 순간 맞는 예언이 되어 얼려 죽여야 되요. 모순이죠. 그렇기 때문에 아무것도 할 수 없어요."

어떤 행동을 빙룡이 취해도 그 행동은 모순되기 때문에 혼을 죽일 수 없다. 예언을 했음에도 죽지 않는 유일한 방법인 것이다. 빙룡은 입맛을 다시며 말했다.

"마지막 문제까지 온 사람은 너희가 3번째다. 그리고 나머지 두 팀은 빠져나갔지."

드디어 마지막 문제였다. 빙룡은 의미심장한 얼굴로 입을 열었다.

"내 나이를 맞춰 보거라."

빙룡의 말에 천화와 다테는 입을 쩍 벌렸다. 이 무슨 해괴한 질문이란 말인가. 초등학생들도 이런 문제를 풀어보라며 내지는 않을 것이다.

당황하고 있는 천화와 다테에 비해 혼은 아주 편안한 얼굴이었다. 그는 어깨를 으쓱하며 말했다.

"정답을 말해도 되나?"

"오, 말해 보아라."

"모른다."

천화와 다테가 달려와 혼의 입을 틀어막았다. 하지만 혼은 당당하게 서 있었다.

"미쳤어요? 그게 어떻게 답이 되요?"

"제길, 붙어 있다가는 같이 얼어 죽겠군."

다테는 손을 떼며 뒤로 물러났다. 하지만 천화는 그럴 수 없다는 듯이 혼에게 매달려 말했다.

"당장 도망치죠."

"정답이다."

"봐봐요. 정답이라고……. 네?"

천화는 이해할 수 없다는 듯이 빙룡을 올려다보았다. 빙룡은 흡족하게 미소를 짓고 있었다.

"생각해 봐. 나이라는 개념이 저들에게 존재할까? 간단한 논리문제라고."

혼의 말에 천화는 무언가 자신의 이마를 때리는 듯한 느낌을 받았다.

나이라는 개념은 인간이 만든 것이었다. 이름과 나이는 너무나도 당연한 것이어서 마치 세상이 시작할 때부터 존재하던 개념인 것만 같은 느낌을 줬다. 그러나 아니다. 과거 원시시대에는 이름도 없었고 나이도 없었다.

더군다나 오버로드들에게는 부모님이라는 개념이 없었다. 그냥 미궁이 만들어내는 생명체 그 자체였다. 빛을 본 순간부터 스스로 나이라는 개념을 알고 있지 않는 한 모를 수밖에 없는 것이 당연했다.

"잘 캐치했군. 나이라는 개념도 인간들이 미궁에 들어온 뒤에 정립되었지. 나는 내 나이를 모른다. 그래서 정답은 모른다지."

빙룡은 재밌었다는 듯 껄껄 웃으며 빙벽을 허물었다.

"잘 놀아줬으니 선물을 주지."

빙룡은 탐에게 바람을 불었다. 그러자 얼어있던 탐이 점점 생기가 돌면서 움직이기 시작했다.

"동료는 살려주마."

혼은 당황하며 헛기침을 했다.

"동료 아닌데 다른 선물 안 될까요?"

하지만 빙룡은 이미 날개를 펼치고 하늘로 솟구쳐 올라가고 있었다. 아무래도 혼의 말은 못들은 듯싶었다. 탐은 벌벌 떨며 그 자리에 쓰러졌다. 한번 얼었던 근육과 신경들이 건드리기만 해도 찢어질 것처럼 아팠다.

혼은 그런 탐에게 걸어갔다. 탐은 혼에게 엄지손가락을 들어 보이며 말했다.

"빙룡의 시련을 견뎌 내다니. 대단하군. 그런데 혈석 좀 있나?"

혼은 안쓰럽게 탐을 쳐다보다가 작은 혈석을 하나 건네며 말했다.

"먹은 점수 다 토하면."

혼은 탐을 지지고 볶아 약 700점 가량을 뜯어냈다. 기존에 줬던 500점보다 200점이나 더 뜯어낸 것이다. 천화는 안쓰럽게 탐을 쳐다봤지만 결과적으로는 탐에게도 이득이 되는 일이었다.

어쨌든 탐도 빙룡의 시련을 이겨낸 사람이 되었으니까. 적어도 그 땅굴의 좁은 곳에서 생활하는 것은 끝났다는 말이었다.

약 이틀 정도를 걷자 눈보라 지대는 끝이 났다. 그럼에 도 추운 겨울 날씨였지만 혼에게는 따뜻한 봄과도 같았 다. 오버해서 말하자면 반팔을 입고 뛰어놀 수도 있을 것 같았다.

"용케도 빠져나왔네."

다테는 빙룡의 시련을 생각하며 말했다.

"완전히 죽는 줄 알았는데."

"문제가 완전히 말도 안 되는 수준은 아니었어. 5분 시 간제한이 말도 안 되는 거였지."

혼의 말에 천화가 고개를 끄덕였다. 특별지대까지는 얼 마 남지 않은 상황이었다. 세 사람은 일단 평평한 곳에 텐 트를 치고 쉴 준비를 했다. 눈 속에서는 척추가 골병이 들 정도로 힘을 주고 있던 터라 제대로 쉴 수조차 없었다.

다테는 국이 끓는 동안 신문을 펼쳤다. 거기에 대고 혼 이 한마디를 더했다.

"또 일본 스타일로 끓이지? 싱겁다니까."

"소금 그거 몸에 안 좋다. 일본에 괜히 장수하는 사람이 많은 줄 알아?"

다테는 신문에 시선을 고정한 채 말했다.

"여기서 장수해봤자. 당장 내일 죽어도 이상할 거 없는
곳에서 건강 챙겨야겠냐?"

혼은 혀를 차더니 천화에게 눈빛을 보냈다. 천화는 한
숨을 쉬고는 끓고 있는 통에 소금과 후춧가루를 열심히
뿌렸다.

"어!"

다테가 벌떡 일어났다. 천화는 자기 때문인지 알고 다
테를 올려다보며 변명을 준비했다.

"호, 혼씨가."

"랭킹 1위 바뀌었다."

다테는 대서특필 된 기사를 보여주었다. 신문에는 고작
3명으로 길드 랭킹 1위에 올라선 길드에 대해 쓰여 있었
다. 자세한 내용은 없었지만 희미한 실루엣 사진으로 보
건데 여자 한 명과 남자 둘로 이루어진 길드인 것 같았다.

"길드명이 제노사이드라네."

"학살? 멋있네."

"그러고 보면 우리도 길드명 만들죠. 아직 안 만들었
죠?"

혼은 볼을 긁적였다. 길드를 만들 때 길드명을 말하라
는 항목도 있었다. 딱히 생각나는 것이 없어 일단 보류해
놓은 상태였다. 다테는 팔짱을 끼며 고개를 끄덕였다.

"맞다. 길드명은 있어야지."

"그럼 둘이 알아서 만들어."

혼은 관심 없다는 듯 텐트에 들어가 누웠다. 다테는 기다렸다는 듯이 의견을 냈다.

"내가 몸 담았던 조직의 이름이 쿠로츠키였다. 어때?"

"멋있네요."

천화가 말했다. 안에서 가만히 듣고 있던 혼은 벌떡 일어났다. 이대로 가다가는 저 망할 쿠로츠키가 길드명이 될 것만 같았다. 한국어로 말하자면 검은 달이었다. 명사는 번역이 되지 않기 때문에 모두가 쿠로츠키라고 부를 판이었다.

"잠깐, 그건 안 돼. 야쿠자냐?"

"맞아. 조직 이름이었다니까 그러네."

"차라리 메이즈 헌터라고 하자."

혼은 툭 던지듯 말하고 바로 등록했다. 누구의 의견도 듣지 않은 선택이었다. 천화는 딱히 불만이 없어 보였지만 다테는 촌스럽다고 한마디 하고 있었다. 혼은 귀를 닫고 다시 텐트로 기어들어가 몸을 뉘였다.

다테는 조용히 천화에게 말했다.

"저 사람 네이밍 센스가 원래 저러냐?"

"하하하. 제 말이 그 말이죠."

천화는 씩 웃고는 혼의 텐트에 가서 외쳤다.

"밥 먹어요. 왜 들어가 누워 있어요."

"등록하고 나니까 맘에 안 드네."

혼은 고개를 절래 흔들며 나왔다. 뭐 미궁 안에서 괴수들은 사냥하고, 점수를 얻고, 또 안전지대를 얻는다. 헌터라는 것은 자신의 원하는 것을 얻는 족속들 아니던가. 아마 지금 미궁에 있는 사람들은 전부 헌터라고도 할 수 있을 것이다. 소원을 빌 수 있는 그 보물을 찾기 위한 여행을 하는 헌터.

"그럼 메이즈 헌터를 기념하며."

다테가 일본식 된장국을 퍼 혼에게 넘기며 말했다. 혼은 아무 말 없이 대접을 입으로 가져간 뒤 한 모금 마셨다.

"……짜."

메이즈
헌터

Maze Hunter

8

"쿠오오오!"

부우우웅.

오토바이 엔진소리와 인간이 내는 신음 섞인 기합소리
가 동시에 울려 퍼졌다. 혼 일행이 지나간 눈보라지대. 그
곳을 자전거에 탄 남자 하나와 오토바이에 탄 남녀 한 쌍
이 지나가고 있었다.

"자전거로는 무리라니까."

오토바이를 타고 있는 조각 같은 외모의 백인 미청년이
말했다. 가죽 재킷에 청바지가 마치 영화배우처럼 잘 어
울렸다. 그 뒤로는 키가 150도 안 되어 보이는 백인 여자
가 거꾸로 앉아있었다. 여자는 영화 속에 나오는 주인공

처럼 빨간 점퍼를 입고도 벌벌 떨고 있었다.

"아! 추워!"

여자는 고래고래 소리를 지르고 있었다.

"엘리아. 그렇게 옷 좀 입으라니까."

"싫거든요~ 엘리아는 안 입을 거거든요~!"

엘리아는 혀를 내밀며 말하고는 다시 오들오들 떨기 시작했다. 옆에서 자전거를 몰고 있던 흑인은 벌떡 일어서서 본격적으로 달리기 시작했다.

"오오오오, 오늘이야말로 엔진을 이겨 보겠다아!"

"야, 잠깐만."

백인 남자가 뒤를 돌아보며 나지막이 말했다.

"루시오. 그런다고 내가 멈출 거 같아?"

"아니, 이 멍청아. 저기 보라고."

"이 헥터님에게 그런 얕은 수는 안 먹힌다고!"

루시오는 오토바이를 멈추었다. 헥터는 그제야 페달 밟는 것을 멈추고 엘리아와 루시오가 쳐다보고 있는 하늘을 올려보았다.

"우와와와! 뱀이 날고 있다!"

엘리아가 입을 크게 벌리고 외쳤다. 루시오는 인상을 찌푸리며 하늘을 나는 뱀을 바라보았다. 그것은 공중을 맴돌다 매섭게 하강하더니 루시오의 앞에 섰다.

"또 사람이 왔군."

빙룡은 입을 크게 벌리며 웃었다. 자신을 즐겁게 했던 인간들이 떠난 지 얼마 지나지도 않아 이렇게 사람들이 찾아온 것이다. 빙룡은 벌써부터 무슨 문제를 낼까 고민을 하고 있었다.

"우아아아!"

루시오와 헥터는 비명을 지르고 오토바이와 자전거의 핸들을 잡았다. 그중 유독 엘리아만이 좋아라 손뼉을 치며 창고에서 무기를 꺼냈다.

"뱀이다! 엄청 큰 뱀이다! 우와! 우와! 쩐다! 쩔어!"

"좀 닥쳐봐. 정신 사납잖아!"

"우오오오와!"

엘리아는 정신없이 떠들며 자기 몸통만한 바주카를 어깨에 멨다. 그리고는 아무 생각 없이 빙룡을 향해 발사했다.

"터져라!"

"우왓! 오토바이에서는 쏘지 말라고!"

루시오의 일행이 도망가는 것을 흥미롭게 보고 있던 빙룡은 난데없이 날아오는 미사일에 얼굴을 맞고 깜짝 놀라 하늘로 솟구쳤다. 엘리아는 깔깔거리며 웃으며 맞았다고 기뻐하고 있었다.

"루시오 봤어? 맞췄어! 맞췄다고."

"맙소사. 더 열 받았겠군."

루시오의 말과는 반대로 빙룡은 흥미를 느꼈다. 저렇게 겁도 안 먹고 덤비는 인간은 또 처음 보는 것이었다. 빙룡은 조금 더 가지고 놀기 위해 수백 개의 얼음화살을 만들어 발사했다.

"예쁜 별이 떨어진다아!"

엘리아가 외쳤다. 헥터와 루시오는 동시에 뒤를 돌아봤다. 정말 별처럼 많은 얼음화살이 날아오고 있었다.

"오, 신이여."

루시오와 헥터는 속도를 최대로 올려 얼음화살에서 벗어나려했다. 얼음화살은 바로 오토바이와 자전거 뒤에 꽂히며 두 사람을 위협했다. 가뜩이나 쌓인 눈 때문에 속도가 나지 않는 상황이었다.

"괜찮아, 괜찮아. 나만 믿으라고."

"무슨 소리를 하는 거야. 엘리아!"

엘리아는 바주카포를 다시 빙룡에게 겨누었다. 그리고는 조용하게 말했다.

"연사속도 분당 60발."

그녀의 말이 끝나기가 무섭게 바주카포가 미사일을 토해냈다. 그 반동으로 인해 오토바이가 심하게 흔들렸지만 루시오는 어떻게 중심을 잡고 달려 나갔다. 미사일이 일으킨 폭발로 인해 얼음화살은 전부 산산 조각나 사라졌다.

빙룡은 흐음하고 신음소리를 냈다. 그래도 나름 고전하라고 쓴 기술인데 너무 쉽게 막혀버렸다. 이대로라면 빙룡의 자존심에 금이 간다. 빙룡은 직접 오토바이를 향해 달려들었다. 이번에는 정말로 죽일 생각이었다.

"놀이는 끝이다."

빙룡이 매섭게 달려오자 뒤를 돌아봤던 헥터가 말했다.

"뒤, 뒤, 뒤, 뒤, 뒤, 뒤이이이!"

"안다고 알아!"

"내가 알아서 한다니까?"

엘리아는 루시오의 어깨를 치더니 말했다.

"다녀올게."

그녀는 오토바이에 올라서더니 점프를 뛰어 빙룡에게로 날아들었다.

"원(元). 시그니피컨트 임펄스. (거대충격)"

엘리아의 팔에서 노란색의 섬광과 함께 광선이 뻗어나갔다. 빙룡은 화들짝 놀라며 몸을 말고 그 위를 얼음으로 감싸며 방어했다. 그럼에도 빙룡은 보이지 않는 지점까지 밀려 날아갔다.

엘리아가 입고 있던 점퍼, 특히 오른팔부분은 충격의 여파로 다 찢어졌다.

엘리아 또한 뒤로 밀려 날아갔는데 루시오는 그것을 예상하고 오토바이를 달려 겨우겨우 엘리아를 받아냈다.

"후우! 안 죽었어. 이거 맞고도."

"미친 거 아니야?! 너 팔!"

엘리아는 오른팔의 어깨를 움직여보려고 했다. 하지만 역시 원을 쓰고 난 뒤에는 팔이 가루가 된 것처럼 말을 듣지 않았다. 엘리아는 왼손으로 혈석을 입에 털어 넣은 뒤에 말했다.

"하아, 뭘 그러나. 우리 제노사이드야. 랭킹 1위라고."

"그래, 그래."

루시오는 한숨을 쉬었다. 그리고는 헥터를 따라가기 위해 속도를 올렸다. 겁이 많은 헥터는 벌써 저 멀리 가고 있었다.

"꽉 잡아. 추우니까 빨리 간다."

"뉘에~ 뉘에~."

엘리아는 빙룡이 사라진 저 먼 곳을 쳐다보았다.

빙룡은 고개를 흔들며 얼굴에 묻은 눈을 털어냈다. 방금 맞은 일격은 살면서 가장 아픈 일격이었다. 빙룡은 다시 하늘로 날아오르려다가 몸이 제대로 움직이지 않는 것을 느끼고는 한숨을 쉬었다.

"제대로 싸웠으면 졌을 수도 있겠군."

남자 둘은 겁을 먹고 도망치는 듯싶었지만 그 두 사람도 여자 못지않은 실력자인 듯싶었다. 물론 빙룡이 가벼운 마음으로 시작했기 때문일 수도 있지만 이번 인간들은 굉장히 위험한 상대였다.

"나도 늙었군. 늙었어."

나이는 모르겠지만 너무 오래 산 듯 싶다. 상대의 강함
도 제대로 보지 않고 달려드는 꼴이라니.

"그나저나 앞에 간 녀석들은 괜찮으려나."

아무리 봐도 뒤따라가는 녀석들의 능력치가 더 높았다.
빙룡은 생각을 지우고 가만히 눈을 감았다.

한숨 자고 일어나면 괜찮아지리라.

❖

특별지대.

그 어떤 정보도 알려지지 않는 특수한 지대였다. 다테
가 두려워하는 부분은 그것이었다. 그 어떠한 정보도 없
는데, 가끔 들리는 소문은 전부 안 좋은 것이었다. 실제로
다테는 특수지대에서 빠져나온 뒤 미쳐버린 사람까지 봤
다.

어쨌든 세 사람은 특수지대 코앞까지 와 있었다.

"들어가자."

혼은 망설임 없이 특수지대 안으로 걸어 들어갔다. 여
기까지 와서 다테도 뒤로 도망칠 수 없었다. 혼을 제외한
나머지 두 사람은 눈을 꽉 감고 혼의 뒤를 따라 들어갔다.

"야, 눈 떠. 위험하다."

혼이 몇 걸음 못가 멈춰 섰다. 다테와 천화는 천천히 눈을 떴다. 앞으로는 길이 나 있지 않았다. 시선을 조금 밑으로 내리자 무지개색깔의 미끄럼틀이 보였다. 꽤 긴 미끄럼틀의 끝으로 구멍이 나 있었다. 미끄럼틀을 타는 순간 저 구멍에 들어가는 것은 확정이다.

"미끄럼틀 타고 들어오라는 거예요? 지금?"

"그런 거 같지 않냐?"

혼은 잠시 생각했다. 이 미끄럼틀을 타고 특별지대에 들어가는 것까지는 좋다. 그런데 도대체 어떻게 빠져나오라는 거냐? 빠져나올 수 있다는 판단이 확실하게 서기 전까지는 들어갈 수가 없었다.

"그래, 그래. 지금이라도 돌아가자고. 빙룡이 또 문제를 내지는 않을 거 아니야."

"미로가 많이 바뀌어서 거기 안 지나가도 되요."

천화가 말을 거들었다. 그녀도 저 알 수 없는 구멍에는 절대로 들어가고 싶지 않았다.

혼은 특별지대도 여타 다른 안전지대와 같다고 생각했다. 오버로드가 있을 수고 있고, 중앙도시처럼 특이한 종족이 살 수도 있었지만 어쨌든 입구가 있고 출구가 있을 것이라 생각했다. 그렇기 때문에 위험하더라도 가까운 길을 택한 것이다.

하지만 저렇게 출구도 확실치 않은 구멍이 있을 것이라고는 생각지도 못했다. 혼은 곰곰이 생각하다가 말했다.

"다른 안전지대까지 얼마나 걸려?"

"좀 돌아서 가야 하지만 그래도 한 달이면 충분할거에요."

천화가 의욕적으로 말했다. 혼은 고개를 끄덕이고는 말했다.

"그래, 그럼 돌아가자."

다테는 자기도 모르게 주먹을 꽉 쥐었다.

"그래, 돌아가……."

"할리~~~~! 데이빗손!"

오토바이 한태가 앞바퀴를 든 채 달려와 다테를 후려쳤다. 다테는 무슨 말을 하려다가 그대로 미끄럼틀에 몸을 맡긴 태 떨어졌다. 오토바이를 타고 있던 여자와 남자도 비명을 지르며 미끄럼틀을 데굴데굴 굴러 구멍 안으로 들어갔다.

천화와 혼은 멍하게 구멍으로 빨려 들어가는 다테를 쳐다봤다. 다테는 미끄러지지 않게 열심히 발버둥을 쳤지만 결국 구멍 속으로 골인되었다. 혼은 진지하게 말했다.

"어차피 저 일본인 언젠가는 버릴……."

"오노노노노노노!"

흑인이 자전거를 타고 오다 천화와 부딪히며 미끄럼틀로 떨어졌다. 하양이는 천화의 주머니에서 튀어나와 떨어지고 있었고, 천화는 어떻게든 중심을 잡으려 했지만 다테와 같은 운명을 맞이할 수밖에 없었다.

"오, 이런 똥 같은!"

흑인은 욕을 내뱉으며 구멍으로 들어갔다. 혼은 이 뭐라 할 수 없는 상황에 머리를 긁적였다.

"아……, 나도 들어가자."

혼은 어린아이처럼 조심히 앉아 미끄럼틀에 몸을 맡겼다. 다리부터 미끄럼틀에 들어간 사람은 혼이 유일했다.

칠흑 같은 어둠을 뚫고 땅이 보였다. 혼은 이게 제대로 착지나 할 수 있을까하는 걱정을 했지만 다행히 트램펄린이었다. 혼은 멋지게 다리부터 착지하다가 붕 떠올라 그대로 트램펄린 위에 누웠다.

"하하하, 혼씨 뭐해요?"

천화가 깔깔거리며 웃었다. 다행히 하양이는 천화의 어깨에 올라가 있었다. 다테는 방금 전에 오토바이에 맞은 충격이 생각보다 큰 지 머리를 부여잡고 있었다.

"아까 그 삼인방은?"

"떨어지자마자 급하게 오토바이랑 자전거 챙겨서 갔어요."

"미안하다는 말도 없이?"

"없었죠."

천화가 씁쓸하게 미소를 지었다.

"그래도 다들 무사해서 다행이네요. 별로 나쁜 곳도 아닌 거 같아요."

천화는 손가락으로 도시를 가리켰다.

지하도시라고 말하는 것이 맞을 것이다. 하늘에는 빛이 한 점도 없었다. 아니, 하늘이 아니라 막힌 공간이었으니까 빛이 없는 것은 당연했다. 하지만 건물의 네온사인과 간판들이 번쩍번쩍 빛나고 있어 그다지 어둡지는 않았다.

"라스베가스 같네요."

"가본적 있나?"

혼이 묻자 천화가 고개를 절래 저었다. 다테는 인상을 쓰면서 걸어오더니 도시를 보고는 천화의 말에 공감했다.

"난 가본 적 있는데. 진짜 이래. 완전 삐까번쩍하지."

"그러냐? 그럼 안내 좀 부탁하지."

혼은 다테를 맨 앞에 세웠다. 진짜로 안내를 부탁하는 것은 아니었다. 다만 이 특별도시에 어떤 것이 살고 있는지를 모르니 다테에게 인간방패가 되라는 것이었다. 다테도 그 사실을 알고 머리를 긁적였다.

"알았다고. 알았다고."

다테는 조심스럽게 발걸음을 뗐다. 트램펄린이 있는 곳에서 어느 정도 떨어질 때까지 아무 일도 벌어지지 않았다. 심지어 건물들이 늘어선 곳까지 왔음에도 별일 없었다. 다테는 슬슬 긴장이 풀린 듯 가볍게 걸어가며 말했다.

"이야, 바도 있는데?"

다테는 간단명료하게 BAR라고 적힌 가게를 가리키며 말했다. 오랜만에 분위기 좋은 곳에서 술을 마실 수 있는 기회였다. 다테는 조심스럽게 바로 가 내부를 살폈다.

"아무도 없다."

다테는 혼과 천화에게 손을 흔들었다.

"아무도 없다. 주인이 자리를 비운 듯……."

천화가 창백해진 얼굴로 다테를 쳐다보고 있었다. 혼도 약간은 당황한 듯 가만히 서 있을 뿐이다. 다테는 두 사람의 표정에서 위화감을 느끼고 뒤를 돌아보았다.

"나한테 뭐라도 물었……?"

다테는 고개를 돌렸다. 코앞에 반투명한 여자의 얼굴이 있었다. 꽤나 귀여운 모습을 하고 있었다. 하지만 문제는 거꾸로 매달려 있다는 것이었다. 긴 머리가 미역처럼 중력을 따라 떨어져 있는 모습이 귀신 그 자체였다.

"으아아아!"

다테는 뒤로 넘어지며 엉덩방아를 찧었고 유령은 공중을 날아 건물의 모퉁이를 돌아 사라졌다. 다테는 욕을 내뱉으며 자리에서 일어났다. 그 모습을 보고 있던 혼이 피식 웃으며 말했다.

"아무래도 진짜 귀신이 사는 곳인가 본데."

유령은 다시 머리를 배꼼 내밀고 다테를 노려봤다.

"네가 마음에 드는 거 같다. 가서 놀아주고 와라. 우린 잘 곳을 찾지."

혼은 그렇게 다테를 버려두고 천화와 함께 숙소를 찾으러 이동했다. 다테는 가만히 유령을 쳐다보다가 정신을 차리고는 혼의 뒤를 따라갔다.

민박, 호텔, 여관, 모든 곳을 둘러보았지만 사람이 없다. 아니, 귀신도 보이지 않았다. 다들 어디로 놀러 간 것인지 아무도 없는 유령도시와도 같았다. 다른 의미로도 유령도시인 듯싶지만.

"진짜 아무도 없군."

"아무도 없을 거예요."

웅웅 에코가 울리는 목소리가 하늘에서 들렸다. 세 사람은 동시에 고개를 올렸다. 그곳에는 아까 보았던 여자 유령이 떠 있었다.

"이제 유령들은 사라져야 할 시간이라……."

여자는 손을 가운데로 모은 뒤 조심스럽게 말했다. 천화는 다시 사색이 되어 혼의 뒤로 붙었다. 혼은 한 번 본 것에 다시 놀랄 정도로 간이 작지 않았다. 혼은 마치 인간을 대하듯 말했다.

"사라질 시간? 넌 누군데 안 사리진거지?"

"저는 에이카라고 해요. 저는 그게……."

에이카는 잠시 망설이다가 말했다.

"어제 유령화가 되어서요. 타이밍을 놓쳤다고나 할까. 하하."

"유령화?"

에이카는 자포자기한 듯 한숨을 내쉬며 말했다.

"원래 인간이었다는 소리죠."

에이카는 울상을 지었다. 감정의 동요가 크지 않은 이유는 유령화가 될 것임을 알고 있었기 때문이었다. 에이카는 당연하게 다가오는 운명을 받아들인 것이다. 하지만 정보가 없는 혼 입장에서는 유령화라는 것에 불안감이 생길 수밖에 없었다.

"그게 뭐지?"

"특별지대의 저주에요. 이러고 있을 시간이 없어요. 한시라도 빨리 이곳을 빠져나가지 않으면……."

"않으면?"

"나처럼 유령이 되는 거죠."

"그럼 궁금한 게 2개인데 말이야. 어떻게 빠져나가는가? 왜 유령화가 되는 가야. 대답할 수 있겠어?"

어떻게 빠져나가는가. 그 질문은 근본적인 문제의 해결

을 위해 필요했다. 그리고 뒤에 들어가는 왜 유령화가 되느냐는 질문은 혹시라도 빠져나갈지 못할 때 문제의 근원을 파괴하기 위해 필요한 정보였다.

에이카는 시무룩하며 말했다.

"모릅니다."

"아는 게 없네."

결국 에이카가 준 정보라고는 없는 것이나 다름이 없었다. 혼이 일어나 가려고 하자 에이카가 급하게 말했다.

"아, 그리고 잘하면 유령화 된 사람을 돌릴 수 있는 방법도 있데요."

"그래서?"

혼은 바로 되물었다. 생각할 필요도 없이 지금 정보를 줬으니 자신을 좀 도와달라는 것이었다. 유령화가 되어도 돌아가는 방법이 있다는 것은 사실처럼 보였다. 하지만 이렇게 부탁하는 것으로 보아 유령이 된 인간은 할 수 없는 방법이었다.

"호, 혹시 제가 도와드리면 저를 인간으로……."

혼이 말했다.

"되도 안 되는 존댓말을 집어 치우지."

에이카는 인상을 찌푸렸다. 혼은 미소를 지었다.

"너, 동료는 어디 있냐?"

"혼자뿐이다……라는 말은 믿지 않겠지?"

에이카는 목소리 톤마저 바꾸며 말했다.

"아, 유령이 되었어도 외모에는 꽤나 자신이 있었는데 말이야. 순수한 척을 하면 도와줄 줄 알았지."

"그럼 정보를 잘 줬어야지. 준 정보도 없는 주제에 뭘 바란 거냐?"

혼이 피식 웃으며 말했다.

에이카가 애초에 뭔가를 노리고 접근했다는 것은 너무나도 쉽게 알 수 있었다. 가장 먼저 이 미궁에 순수한 사람은 존재하지 않는다. 천화는 만에 하나, 혹은 반대편에 미궁 너머에 있는 사람 중에 유일한 선인일 것이다.

다테, 혼. 이 두 사람도 선인은 아니다. 다테는 지금까지 수 십 명의 여자들을 코디에게 바쳐왔고 혼은 살인을 밥 먹듯이 하며 헤쳐 나왔다. 가장 착한 천화도 살인은 기본으로 탑재를 하고 있었다.

그런데 순사하게 누군가에게 경고를 하기 위해 다가왔다? 그것도 인간이? 어이가 없어 웃음이 나올 상황이다.

에이카가 순수한 마음으로 접근하지 않은 것은 혼도 잘 알고 있었다. 그렇기 때문에 정보를 쭉 빼내고 버릴 생각이었다. 하지만 에이카에게는 빼낼 정보도 없었다. 그녀가 모른다고 말한 것은 진실이었으니까.

"너는 필요 없어. 도움이 안 돼."

"아닐걸?"

에이카는 몸을 거꾸로 돌리며 고민했다.

"내가 정보는 없지만 경험은 있지. 참고로 어제 유령화가 된 것도 거짓말이야. 하지만 여기가 이상한 곳이라는 것은 사실이지. 가만히 있다가 눈을 떠보면 유령이 되어 있는 도시."

"가만히 있다가 눈을 떠보면 유령이라고?"

"그래, 여기는 인간들도 있어. 아니 인간 비슷한 것들이라고 해야겠지. 뭐 그건 다 상관없고. 이럴 줄 알았으면 다른 녀석들한테 부탁할걸 그랬어."

다른 녀석들은 그 오토바이와 자전거를 탄 3인방이었다. 약간 정신이 나간 것 같은 여자 하나와 남자 둘이었지. 분명.

혼은 생각을 바꾸었다. 또 다른 대안이 있다면 이 여자는 그쪽으로 달라붙을 것이다. 아직 단물이 다 빠지지 않았을 수 있다. 한 번 더 빨아먹는 것도 나쁘지 않으리라.

"살려주고 싶어도 정보가 없으면 할 수가 없잖아."

"그건 걱정 하지 않아도 돼."

에이카는 미소와 함께 말했다.

"이 도실을 빠져나갈, 유령이 된 인간을 다시 돌려놓을 수 있는 방법은 분명히 있어. 다만……."

에이카는 그렇게 말하며 옆쪽을 봤다. 점점 하늘이 밝아오고 있었다. 아니, 하늘이 아니라 천정이라 말해야 할 것이다. 네온사인이 꺼지고 불이 꺼져 있던 거주지에서 사람들이 하나 둘 나오기 시작했다.

"이런! 벌써 시간이."

에이카는 어디론가 사라지며 말했다.

"인간 같은 녀석들을 조심해. 다음 번 유령의 밤에 또 여기서 보자고."

에이카는 빛에 녹아들 듯 사라졌다. 밖으로 나온 사람들은 하나 같이 모두 젊고 활기가 돋았다. 어디서 뿜어져 나오는지 모를 빛이 사방을 감싸고 있어 마치 지상의 낮과도 같았다. 사람들은 가게를 여는 등 일상생활을 시작하고 있었다.

혼은 가만히 서서 사람들을 쳐다봤다. 인간이라고 하기에는 무리가 있었다. 두 다리로 걸어 다니고 두 팔로 생활을 하는 것은 똑같았으나 미묘하게 달랐다. 매끈하다 못해 마치 갓 태어난 것처럼 하얗고 뽀얀 피부와 부담스러울 정도로 맑은 에메랄드 눈동자. 거기에 모두가 하나 같이 얇은 몸매와 미형의 얼굴을 가지고 있었다.

"엘프 같네요."

"귀는 엘프가 아니지만."

천화의 말에 혼이 대답했다. 사람들은 에이카가 짓고

있던 표정과는 완전히 상반된 얼굴이었다. 에이카가 초조함을 숨길 수 없던 반면 낮의 사람들은 전부 미소가 가득한 얼굴이었다.

"뭔가 있기는 있어."

에이카는 자신이 원래 인간이었다고 했다. 미궁에 들어온 지구인, 즉 워커라는 것이다. 그런 에이카가 인간 같은 녀석들을 조심하라고 했다. 즉 저들은 인간이 아니다. 인간이 아니라는 뜻은 충인처럼 원래 이 특별지대에 사는 사람들이라고 보아도 무방했다.

"어? 외부인인가?"

젊은 청년이 걸어오며 말했다. 노란 머리에 V라인. 키는 그다지 크지 않았지만 전형적인 서구형 미남이었다. 혼은 경계를 하며 말했다.

"미끄럼틀에 빠져서 말이야."

혼은 솔직하게 말했다. 어차피 이들도 저 위에 뭐가 있는지 알 것이다. 에이카의 말에 따르면 이곳에 들어와 유령이 된 사람들이 꽤 많은 듯싶었으니.

"그런가? 그거 참 무서웠겠군."

남자는 젊어 보이는 외형과 달리 어디 아저씨처럼 말을 하고 있었다. 천화와 다테는 별로 신경 쓰지 않는 듯싶었으나 혼은 그 부분을 의아하게 생각했다.

"저쪽으로 가면 호텔이 있어. 거기서 지내면 되네."

"고맙다."

혼은 간단하게 감사를 표하고 호텔로 걸어갔다. 뭔가가 이상하다. 충인들의 도시에도 나이를 든 사람은 존재했다. 정말 엘프처럼 나이를 먹지 않는 종족이라는 말인가. 그렇다면 에이카는 왜 조심하라고 했을까.

혼이 고민을 하는 사이 일행은 호텔에 도착했다. 안으로 들어가니 이제 막 출근한 사람들이 카운터에 앉아 있었다.

"방 3개. 얼마지?"

역시나 카운터에 앉아 있는 여자도 절세미녀였다. 미녀, 미남만 사는 도시라면 완전 천국이 아니던가. 역시나 호텔은 돈 대신 점수를 받았다. 혼은 방 세 개치의 점수를 내고 위로 올라갔다.

"시선이 따갑지 않냐?"

혼은 계단을 올라가며 말했다. 천화와 다테는 고개를 끄덕였다. 일반인도 알아차릴 수 있을 정도의 노골적인 시선이었다. 혼은 배정받은 2층으로 올라갔다. 그때 복도에서 한 여자가 뛰어왔다.

"와하하하하! 전세 냈다! 우리가 전세 냈다고!"

긴 붉은 머리의 백인 여자가 호텔 직원이 사용하는 트롤리에 탄 채 달려오고 있었다. 혼은 달려오는 트롤리를 한 발을 들어 막은 뒤 여자를 내려 보았다.

여자는 엘리아였다. 현재 랭킹 1위 길드 제노사이드의 홍일점. 천화와 다테는 그것을 알 수 없었기 때문에 단순히 오토바이에 타고 있던 꼬마라고 생각할 뿐이었다.

엘리아는 잠시 혼과 눈싸움을 했다. 그리고는 트롤리를 거꾸로 돌려 룰루랄라 자신의 방으로 돌아갔다.

"저게 같이 떨어진 3명 중 하나지?"

"맞아요."

절대기억을 가진 천화가 확실하게 말했다. 혼은 마른 입술을 적셨다. 태연하게 가는 엘리아의 뒷모습에서 사신이 보이고 있었다. 지금까지 저 작은 소녀가 쌓아 올린 시체의 개수가 눈앞에 보이는 것만 같았다.

"이거 큰일이네."

뒤로는 이상한 인간들, 그리고 앞에는 작은 야차가 있다. 혼은 잠시 미간을 찌푸리다가 방으로 들어갔다.

엘리아는 모퉁이를 돌아 자신들의 방이 있는 맨 끝으로 갔다. 루시오와 헥터는 밖으로 나와 소파에 앉아 있었다. 엘리아는 멍한 표정으로 트롤리에서 내렸다. 트롤리는 반동으로 인해 벽에 가서 그대로 꽂혔지만 엘리아는 신경도 쓰지 않았다. 이상한 낌새를 느낀 헥터와 루시오는 엘리아에게 물었다.

"왜 그래?"

엘리아는 양손을 불끈 쥐며 말했다.

"졸라 강한 사람 봤어!"

"뭐?"

"왜, 왜. 우리가 그 오토바이로 붕~ 쳐가지고 같이 후루루루 떨어진 그 사람들 있잖아. 그 사람들 저쪽에 방 잡았는데 그 중 한명이……."

"한 명이?"

헥터와 루시오는 불안함을 감추지 않으며 되물었다.

"살인귀야. 느낌이 빡 하고 왔어. 아 이 사람이랑 싸우면 둘 중 하나는 무조건 죽겠구나."

루시오는 침을 꼴깍 삼켰다.

"아하하, 그럼 안 싸우면 되겠네."

"재밌을 거 같지 않아?"

엘리아는 눈을 초롱초롱하게 뜨며 말했다. 루시오와 헥터는 동시에 고개를 숙이며 낮은 한숨을 쉬었다.

"아 좆됐다."

헥터가 고개를 절래 흔들며 말한 뒤 자신의 방으로 들어갔다.

"만약 싸우면 누가 이겼는지 알려줘. 루시오. 난 잘 테니까."

"야! 나 혼자서 말리라는 거냐?"

루시오는 답답한 듯 손을 어쩔 줄 모르고 머리를 잡았다가 앞으로 뻗었다가 하고 있었다. 그 앞에는 여전히 흥분된 표정으로 자신을 쳐다보고 있는 엘리아가 서 있다.

루시오는 마지못해 말했다.

"여기서 나가고 싸우면 안 될까?"

"안 돼!"

엘리아는 천연덕스럽게 말한 뒤 미소를 지었다. 모르는 사람이 보면 깨물어주고 싶다고 할 정도로 천진난만한 표정이었다. 하지만 루시오에게는 작은 악마로만 보였다.

"하……, 이걸 어째."

그 남자도 미래도, 또 자신의 미래도 걱정이 되는 루시오였다.

〈3권에서 계속〉